第2名的逆襲

Fighting Mr.2nd

Fighting
Mr.2nd

Fighting
Mr.2nd

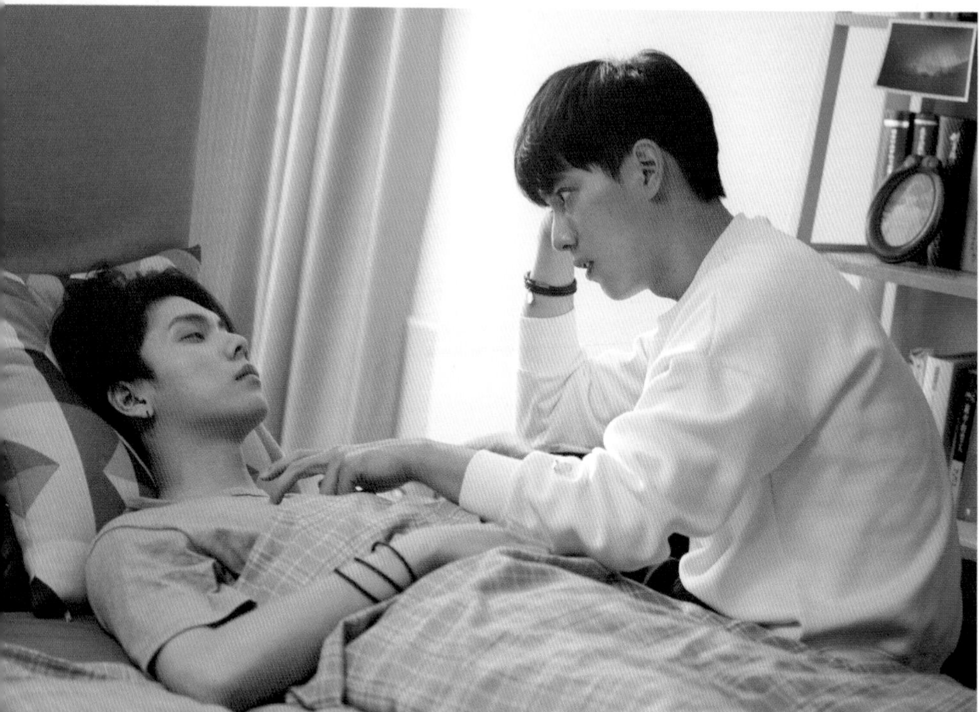

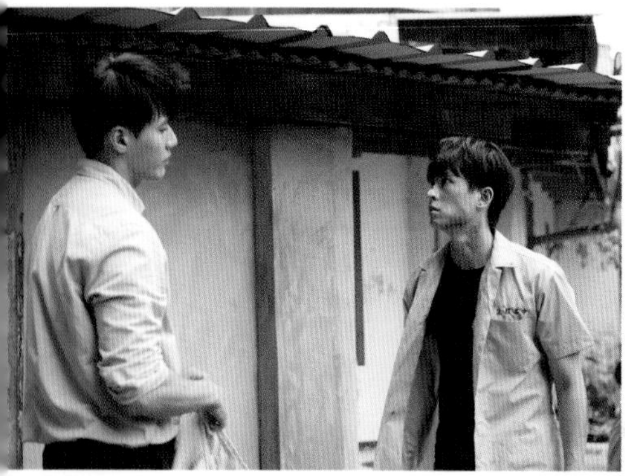

人犯戒護區

第2名的×逆襲

Fighting Mr.2nd

曾經，你讓我眼裡只看見你；

這次，換我來攻陷你的世界。

小說作者／羽宸寰　原著編劇／林珮瑜

Contents

楔子

「高仕德，你真的很忙耶！無論白天還是晚上都不會立刻回覆訊息，果然到手的東西就不會珍惜，可惡。」

雖然說著抱怨的字句，嘴角卻揚起藏不住的，甜蜜的弧度。

反覆查看依舊被不讀不回的聊天室，手指在螢幕上滑動，翻看之前的每一則留言，每一則捨不得刪除的訊息。

「笨蛋。」

周書逸看著某天晚上，對方聊著聊著就睡著，卻誤觸 Enter 鍵而被發送出去的亂碼訊息，笑著罵道。

於是把手機放在琴檯，拉開椅子坐在史坦威鋼琴前，按下錄影鍵後，彈奏起由自己創作，卻被高仕德無意間填入歌詞，屬於他們的旋律。

一曲終了，周書逸拿起手機，看著自拍用的前置鏡頭，對著距離一萬兩千三百四十八公里，時差十三小時，位於德克薩斯州的情人，露出笑容。

「笨蛋，你還好嗎？你之前的語音訊息聽起來聲音很疲倦，是不是美國那邊發生什麼事情？如果有什麼事情一定要告訴我，我好歹也是準備接棒企業的有為青年，多少能給點意見；就算真的幫不上忙，也能當你吐苦水的對象，所以絕對別一個人硬撐，無論什麼事情，我都陪你一起扛。」

然後按下停止錄影的按鍵，把影片上傳到專屬於他們的聊天室。

＊　＊　＊

十一個月後，誠逸集團大樓

褪去學生時的稚氣，穿上訂製的西裝，即使懷抱熱忱與理想，卻得面對職場上已成定律的遊戲規則。

周書逸帶著滿身疲憊走出誠逸集團的大樓，仰頭看著高聳的建築物，忍不住罵了句：「老頑固。」

為了讓父親接受自己和高仕德的關係，也為了在獨自等待情人回來的這段時間裡變得更強，強到不再只是依賴的一方，而能成為對方的後盾，讓他有個能收起拚搏的羽翼，安心休憩的避風港。

所以主動走進誠逸集團的面試會場，順利通過審核，從公司的最基層做起，拚命學習，累積在未來被管理階層認可的實力。

傲氣的做法，卻也讓他第一次感受到求職者的無奈。

明明提出可行的解決方案，卻被一句「你們年輕人不懂」而駁回；明明可以獲利的做法，因為上層因循故舊而大打折扣，卻又在看見虧損的報表後指責員工為什麼不提出妥善的方法。

想到剛才在會議室裡發生的事情，周書逸氣得揚起手，想把手上的黑色公事包摔在大樓前的人行道上，卻在停頓片刻後，放下已經高舉的手臂，握著公事包落回身側，閉著眼睛做了幾次深呼吸後，才又睜開雙眼。

進入公司後，許多事情讓他明白情緒和衝動都是沒用的東西，在商業最激烈的戰場，決勝關鍵往往不是誰的手中握有籌碼，而是哪一方更能捨棄正常人的思維，屏除足以擾亂判斷的情緒起伏，做出冷靜客觀的判斷。

過去的周書逸，肯定不服氣那些老臣的做法，會摔公事包出氣；可是現在的周書逸，卻選擇暫時沉默，用更多的實績讓反對的人自己閉嘴，也不會拿東西出氣，套句高仕德說過的，砸壞了還得花自己的錢再買一個，虧本！

「噗哧。」想起情人說過的話，怒氣和不滿瞬間消失，低頭看著握在指尖的公事包，笑了笑，說：「是啊，真虧。」

於是從西裝口袋拿出手機，點開通訊軟體撥出電話，在十幾秒的撥接聲後，因為忙碌已經好一陣子沒有通話的帳號，終於撥通。

『HELLOW？』

「……」

錯愕地把貼在耳朵的手機拿到眼前，確定自己沒有撥錯號碼，可是為何接電話的，是個年輕女性的聲音。

『HELLOW？』

「我找高仕德。」

周書逸改用對方使用的語言，禮貌說著，卻聽見對方用著似乎是睡到一半就被鈴聲吵醒的沙啞聲音，伴隨起身時衣服和床單的摩擦聲，說。

『仕德？你找他啊？可是他很累，才剛睡著……仕德，有人打電話給你，你要接嗎？』

『讓我睡二十分鐘……二十分鐘就好……』

終於聽到熟悉的聲音，周書逸剛想透過手機對他說幾句話，接電話的女性就先開口。

『抱歉，雖然我不知道你是誰，不過仕德真的很累，請你明天再打給他吧！』

說完後，直接切斷通話。

「……」

周書逸看著跳回主頁面的手機螢幕，看著螢幕上與高仕德的合照，發呆。

『我不是早就告訴你，只要到手的東西就不會珍惜，為了那個人把自己搞成這副德行，值得嗎？』

『我認為值得，就是值得。』

高仕德，你真的很忙耶！無論白天還是晚上都不回我的訊息，是不是把人追到手後就不需要珍惜了？警告你，再不回我訊息，我就一整個月……

我就一個禮拜都不傳訊息給你。

『爸爸是愛你才這麼說，別等了，他不值得你這樣付出。』

『你不懂，仕德不是你說的那種人。』

喂！你還好吧？怎麼還是沒有看訊息？

是不是發生了什麼事情？有事情要跟我說，不要一個人硬扛。

記住，無論發生什麼事，我永遠會在你身邊，知道嗎？

『你們太年輕了，不懂遠距離戀愛多麼脆弱，爸爸不會害你，我看過太多一開始自信滿滿，堅信愛情能戰勝隔閡，最後卻仍走上分手的例子。書逸，爸爸說這麼多都是為了你好，不希望你受到任何傷害，書逸……』

『爸，別說了，我想一個人想想……』

自從電話被接起的那天之後，再次回到已讀不回狀態的訊息。分開的這些日子裡，能感受到高仕德身上發生了一些事情，可是每當他開口詢問，對方卻總是用沉默或移轉話題，不願提到美國那邊的狀況。

加上父親在知道自己和高仕德的關係後，就極不贊同的態度，讓他從最初的堅信，一點一點地被猜疑和不安動搖。

忍不住在寄出 Email 後打開另一個視窗，在搜索欄位打上「遠距離戀愛」五個字。然後看著在網路上的文章——或結局美好，或分手收場的文章——用牙齒緊緊咬著嘴唇。

都一年了，怎麼還不回來？不是說只去兩個月就回來嗎？

可惡！有點想你了。

不等你了，既然你很忙，我就飛過去找你，就算一萬兩千三百四十八公里的距離，也別想把你從我身邊搶走。

高仕德你死定了，見面後不管你累不累，都得立刻做好吃的給我吃。

還有，不、准、放、紅、蘿、蔔！

＊＊＊

「你……還在忙嗎？忙到一直不回我的訊息？都一個禮拜了。是賭氣我對你已讀不回？你可以忙，我就不能忙到沒時間理你嗎？反正我下週要出國幫我爸去談個事情，有種你就不要想我，因為我會關機不回應。」

坐在靠窗座位上的人猶豫幾秒鐘後，鬆開按著錄音鍵的拇指，收回在鬆開拇指後已經送出的語音訊息，把手機調整成飛航模式。

用出國開會當藉口，實際上卻是偷偷去給住在德克薩斯州的情人一個驚喜的人，透過商務艙座位旁的橢圓形窗戶，看著飛機升空後越來越渺小的臺北市街道，揣著期待又不安的心情，直到十三小時後飛機落地。

飛機落地後，周書逸招了輛計程車直奔高仕德之前傳給他的地址，來到一處充滿綠意的社區。

下了計程車後，看著Google map上顯示只剩2分鐘路程的指示，抬頭看看明媚的陽光，想起飛機起飛前正值梅雨季節，已經許久沒看見陽光的臺灣，決定拉著行李去附近走走，呼吸一下和高仕德一樣的空氣，看看他看過的風景。

走著走著，逐漸來到一處公園，溫度適宜的天氣讓許多爸爸和媽媽都帶著孩子來這裡玩耍，被嬉鬧的笑聲吸引，忍不住走進充滿童趣的公園，讓身體和心靈都沉浸在放鬆的狀態。

「高仕德，等我休息完畢後你就死定了。」

彎起嘴角笑笑，鬆開握在行李桿的左手，張開雙臂感受陽光灑落在身上的暢快。

見面後，他要問問某個笨蛋，為什麼這段時間常常說自己不方便接電話？為什麼終於有空跟他說話的時候，說話的聲音總是那麼疲憊，聊沒幾句就結束對話？

還有……

那天晚上幫他接電話的女孩，到底是誰？

「高仕德，你……一定有什麼理由，一定發生了什麼事情，才會對我這麼冷漠，對吧？」

彎起的嘴角，緩緩垂下；張開的雙臂，漸漸落回身旁。

其實親自飛來美國已是他驕傲與自尊的底線，高仕德是他第一次毫無保留愛上的人，所以他很害怕，害怕一年多的疏離與冷漠，是因為別的原因……

視線，落在前方的草坪，熟悉的面孔，就坐在那片翠綠的草地。

「高——」

才剛興奮邁出的腳步，卻被眼前一幕靜止。

「Te-Oscar want you, hug him。」

陌生的金髮女孩一手抱著嬰兒，一手拎著藤編的籃子走到高仕德的身旁，把還不會說話的孩子塞到他的懷中，高仕德也很自然地抱起孩子，在那粉嫩的臉頰上親了一口。

「Look！your favorite!」

金髮女孩跪坐在高仕德身邊的草地上，打開藤編的籃子，從籃子裡拿出野餐用的桌布，和一塊放在餐盤上，用奶油和水果點綴的切片蛋糕，笑著把蛋糕遞到另一個人的面前。

男人沒有拒絕，直接在蛋糕上咬了一口，女孩也很自然地用手指替對方擦去沾在嘴角的奶油。

「……」

被陽光籠罩的三人就像一幅美好的畫作，美好地，容不下第四個人的存在。

本想衝上前質問的腳步，默默地向後退去……

『我不是早就告訴你，只要到手的東西就不會珍惜，為了那個人把自己搞成這副德行，值得嗎？』

『爸爸是愛你才這麼說，別等了，他不值得你這樣付出。』

『你們太年輕了，不懂遠距離戀愛多麼脆弱，爸爸不會害你，我看過太多一開始自信滿滿，堅信愛情能戰勝隔閡，最後卻仍走上分手的例子。書逸，爸爸說這麼多都是為了你好，不希望你受到任何傷害，書逸……』

父親曾經提出的質疑，瞬間湧上周書逸的腦海。

不安的種子其實早已種下，悄悄地在心田伸根發芽，可是他不信，不信自己第一次主動爭取，即使和父親站在對立面也義無反顧的愛情，會成為刺痛他的笑話。

可是親眼看見的這一幕，卻擊潰他最後一分的信任……

在電話裡，你說你好累，卻一點也不疲憊地，就像童話故事中的王子，對著他心愛的公主微笑？

你說你忙到沒有時間回覆我的訊息，卻在這裡和我不認識的女孩，抱著孩子在公園悠閒野餐？

高仕德，如果你覺得這份感情已經走到盡頭，可以直接跟我說，我沒有那麼脆弱，脆弱到連瀟灑放手都做不到。

是不是覺得跟我在一起後並不像你想的那樣？卻又不好意思提出分手，所以才一直留在美國不肯回來？才在每次接起電話時總是說不到幾句話便匆匆掛斷？

突然覺得為了捍衛愛情不惜跟父親抗爭，甚至從家裡搬出去獨自居住，只為了等這個人回來的自己，像個悲慘的笑話。

讓自己變強、讓自己不再單方面依賴，一切的準備，都是為了「兩個人」的未來，然而眼前的答案卻已經很明白，他努力打造的，「兩個人」的未來，已有人悄悄退場，將他留在孤單的舞臺。

「高仕德，你不用怕我會死纏著不放，看在我們認識那麼多年的份上，我會瀟灑放手，祝你……幸福……」

哽咽的聲音，對著草地上的那個人送出最後的祝福，轉過身，拉著行李箱默默離開，離開原本充滿期待，現在卻給了他傷痛的地方。

草坪上，高仕德對金髮女孩說了幾句話，女孩點點頭，從他懷中抱起已然熟睡的孩子，轉身往另一個方向走去。

等到兩人都離開後，高仕德才拿起手機，在專屬的聊天室裡，送出他的訊息。

書逸，有些事情我想當面跟你說，請再給我一點時間。

之前很多話我沒有說，是怕在你面前我會忍不住抱怨，不見面，是怕我想要把你綁在身邊不讓你離開……周書逸，我真的……很想你……

書逸，你從已讀不回到沒有讀取、MAIL從第一封信開始就石沉大海……我知道，你一定生氣了吧……說好二個月回去，卻搞到兩年了還在這，你願意聽我解釋嗎？

發出訊息後，高仕德嘆了口氣仰躺在草地上，舉起戴著手鍊的手腕，看著金屬的磁扣在陽光下反射出閃閃光芒。

手鍊上的「only yu」，是照著情人的筆跡刻下的字句，來到美國的每一天，他常常對著手鍊說話，就像周書逸就陪在他身旁，默默聽他傾訴。

「書逸，在電話裡不跟你說明，是因為怕在你面前會忍不住抱怨。請再等我一下，等家裡的事情告一段落後，我會回去，會當面跟你解釋。書逸……我想你……真的好想你……」

躺在草地上的人，仰望著藍色的天空，對著戴在右腕的手鍊，說著。

＊　＊　＊

臺北

「從今天起我們不必再見，就算見面，也是毫無關係的陌生人。」

周書逸哭著把手鍊摘下，扔進房間裡的不鏽鋼垃圾桶。

既然另一個人都不珍惜了，自己何必還眷戀地戴著？

於是抹去眼淚走進浴室，洗去臉上的淚水，然後踏出浴室，站在寢室的穿衣鏡前，套上西裝繫上領帶……

曾經，你讓我眼裡只看見你。

這次，這次換我來逆襲你的世界。

「高仕德，我會讓你看清楚，沒有你的周書逸，絕對過得更好。」

然後拿起黑色公事包挺起胸膛，走向屬於周書逸的戰場。

第一章　沒有你我也可以很好 Abruti

入口處掛著「華磬科技」四個大字的招牌下方，用設計過的字體寫著公司的成立精神「今天工作不努力，明天努力找工作」、「全心投入，全力以赴」。

辦公室裡的員工雖然坐在各自的座位前，但是不久前聽到的消息，卻讓他們忍不住低著頭，透過手機的通訊軟體，在群組內交頭接耳說著最新的八卦。

華磬科技辦公大樓

小陸：公司被收購後會不會裁員啊？

大林：唉，如果裁員的話，現在經濟這麼不景氣，工作難找耶！

山治：快點！誰好心點自願提離職，就當作是做功德啦好不好。

大林：好啊，你提。

山治：喂！話不能這麼說，我可是有老婆要養，不然伊麵你提，反正你單身，一人吃飽全家吃飽。

伊麵：靠！別吵了，問問技術長吧！呼叫技術長，呼叫技術長，技術長請回答。

玻璃隔間內，身為華磬科技技術長的男性，一穿深藍色的西裝，卻弓著身體把腳踩在椅墊上，放下喝茶用的墨綠色的馬克杯，用手拎起不斷跳出訊息的手機，抬頭看了眼已經無心工作，正從外面看著自己的員工們，起身站在椅子上，對著那群人大聲說。

「等等開會，誰沒交進度就先裁誰。」

下一秒，八卦中的員工紛紛轉動椅子，把腦袋轉回自己的電腦螢幕，只有穿著粉紅色襯衫的大林依舊坐在椅子上，看著負責研發項目的技術長。

余真軒跳下椅子，走出自己的辦公室來到女性職員的面前，說：「工作！」

然而一身俐落套裝的大林，卻嚴肅地看著他，說：「技術長，大家也是擔心被收購之後飯碗不保。」

「對啊，執行長上禮拜才從美國空降，說是代表董事長處理重組併購的事情，誰知道最後會裁掉幾個人？」一頭捲髮，娃娃臉的小陸也跟著附和。

「一個都不會裁。」

爽朗的聲音插入員工之間的對話，高仕德拎著慰勞員工的點心，走到小陸等人的面前，溫和地說：「談收購合約的時候已經跟誠逸集團說好了，會保障員工權益不會裁員。」

有了執行長的保證，員工們一陣竊喜，紛紛露出鬆了口氣的表情。

「好了，既然安心的話就來補充點糖分，休息夠了再繼續工作。」

「謝謝老闆。」

「老闆最好了。」

員工們各自接過老闆請客的甜點，然而大門口的方向卻傳來動靜，站在入口處的女職員對著三名陌生男性禮貌詢問。

「不好意思，請問你們是？」

「我們是誠逸集團。」

其中一人率先開口，女職員點了點頭，把三人領了進去，接著快步走到執行長身邊，彎腰對坐在椅子上正和員工聊天的人，附耳說了幾句。

高仕德起身扯了扯西裝下襬，把衣服上的摺痕拉平，只是才剛回頭，卻看見熟悉的三張臉孔，尤其站在中間的那個人，正用錯愕的眼神看著自己。

「……」

周書逸看著站在辦公室裡的人，停下腳步。

身為誠逸集團的接班人，今天是來代替集團處理收購華磬科技的事情，沒想到卻在工作的場合，見到意料之外的人。

腦中突然浮現過去的畫面，阿姨曾說過她是一間科技公司的負責人，只是沒想到，五年後，收購案的乙方，竟是高母的公司。

然而錯愕的眼神，卻在想起在美國看見的那一幕後，被冰冷的笑容取代。

「書……」

磅！

高仕德才剛舒開笑容開口說了一個字，就被對方一計拳頭揍在左臉，力量之大，讓他的臉頰立刻浮起紅色的印子。

「你做什麼？」

站在附近的員工見到有人對老闆動手，立刻發出不滿的聲音，幾名男性職員甚至衝上來想把出手揍人的那個傢伙推開。

「……」

高仕德看著已經數年不見的人，眼神中透著愧疚。

站在兩旁的劉秉偉和石哲宇，也不像大學時一樣衝上來阻止周書逸的衝動，而是冷漠看著眼前發生的一切，穿在彼此身上剪裁合身的西裝，除了代表從男孩蛻變成男人的成熟，似乎也代表了從前的情誼已然不存。

「沒事，大家去忙自己的工作。」

身為執行長的男人無視熱辣的臉頰，抬手制止員工們的衝動，然後看著誠逸集團的代表，指著會議室的方向，說。

「工作上的事，我們裡面談。」

周書逸邁開腳步往前走去，然而跟上來的石哲宇和劉秉偉卻被高仕德抬手阻止，用眼神請求他們給予獨處的空間，兩人互看了眼，默默退到一旁，用行動給予曾經的同窗，最後的包容。

「謝謝。」

錯肩而過時，高仕德壓低聲音對著兩人道謝，然後深深吸了口氣，走進會議室。

＊　＊　＊

「你到底想幹麼？」

會議室內，霧面的玻璃阻擋了從外面窺視的目光，周書逸站在裡面，冷眼看著從進來後就站在入口處的男人。

「對不起……」

高仕德垂下視線看著門板上的手把，卻遲遲不敢抬頭，去看已經陌生多年的那個人。

「對不起？對不起什麼？」

尖酸的口吻，諷刺重複對方充滿自責的道歉。

「對不起，讓你等那麼久。」

「等？媽的誰在等你？別往自己的臉上貼金，」周書逸咬著牙根，說：「不過我真沒想到竟會在這裡遇到你，這麼快，才失聯『五年』就見面了。」

加重的語氣，落在「五年」這兩個字；強烈的恨意，亦然。

「書逸……」

「請叫我『周副總』。」

周書逸閉上因為情緒波動而顫抖的睫毛，用力吸了口氣後才又睜開雙眼，挺起胸膛，冷漠地說：「我來這裡是代表誠逸集團處理華磬科技的併購案，請把之前要求的相關資料交出來，方便我們進行交接。」

「書逸，我沒有和你聯絡是有原因的，我……」

高仕德痛苦地皺起眉頭，他有不能見面的理由，只是那個理由，現在還不能說，卻被對方的左手拍在右肩，氣勢凜人地開口。

「別跟我套交情，一切公事公辦。交代交代HR整理近三年的員工評鑑資料，方便我裁員。」

說完，搭在肩膀的手指故意往下滑過男人的胸口，挑釁意味十足。

只是周書逸才剛握上玻璃門的把手，把門拉開一條縫隙，霧面的門板就被高仕德的手用力壓回，把誠逸集團的副總困在門板和自己之間。

「併購合約裡有寫，會保障員工權益。」

「不過後面有但書，但因應公司未來發展，可做適當人事調整。」

周書逸露出勝利者的微笑，推開困住自己的男人，轉身拉開玻璃門走出會議室。

辦公室內，擔心公司未來情況的員工們紛紛從自己的座位上偷看會議室的動靜，也偷看著另外兩位同為誠逸集團代表方的男性。只有向來特立獨行的余真軒，反常地對著空氣練習拳擊，想著萬一執行長被那位周副總打趴的話，下一個要對付的人肯定是身為技術長的自己。

開玩笑，論起打架他不會輸人，才不像執行長那樣被揍了也不吭聲，他絕對出手反擊。

「看什麼看？都不用工作的嗎？」

石哲宇坐在休息區的高腳椅上，受不了從四周投來的目光，撇過臉，口氣不佳地對著華磬的員工大吼，然後被另一個人在桌子底下悄悄扯了扯他的袖口，小聲勸著。

「別把對高仕德的氣遷怒到別人身上。」

「我哪有。」

石哲宇瞪了劉秉偉一眼，當場反駁，卻看見會議室的門被用力拉開，同為公司負責人的兩名男性一前一後朝他們走來。

「你不能這麼做。」

高仕德追上周書逸的腳步，拉住他的袖子壓低聲音說，後者卻揚起嘴角笑了笑，拂去抓住西裝的指尖，對著惴惴不安的員工揚聲宣布。

「二分之一！我會裁掉二分之一的員工。」

然後回過頭，用自信的笑容對著華磬科技的執行長，說。

「而你，絕對是第一個。秉偉，備車。」

「喔好。」

周書逸扔下這句話後，無視周遭員工的反應，朝著門口的方向逕自離去。

劉秉偉則抓起公事包，追了上去。

「哲宇……」

高仕德帶著求情又示弱的眼神看著慢慢退開椅子的石哲宇，然而曾是大學好友，也曾對自己抱有朋友以上的感情的人，卻用鄙視的目光，對著他說。

「我只是特助，以及和你並不太熟的同學，你跟周書逸之間的事，請自己找他解決，跟我無關。」

然後把手插在西裝外套的口袋，走出華磬科技的辦公室。

＊　＊　＊

華磬科技大樓前

「沒想到高仕德是華磬科技的執行長，再遇負心漢，你……沒事吧？」

石哲宇走在周書逸的身邊，一邊走一邊觀察那張表情凝重的臉龐，明明是關心他很重視的朋友，無奈嘴賤的本性讓他說出來的話，從旁觀者的角度聽起來，都像在諷刺。

五年前發生的事情他都清楚，所以選擇站在周書逸這邊，也無法原諒高仕德對感情的背叛。

周書逸斜了對方一眼，不客氣地回嗆：「我才要問你，你沒事吧？」

想當初最先愛上高仕德的，可是眼前的石先生，而不是他。

「我又沒差，我可是早就無緣晉級的選手，哪像某人都得到冠軍了還被取消資格。」

石哲宇聳聳肩膀，那種八百年前發生的事情，對他來說只是大學時期的一個片段，和現在的他毫無關係，何況他的身邊已經有了一個更適合他的人。

看著死黨毫不在意的表情，周書逸有股說不出的愍悶，那種感覺就像小貓使出全力在大象身上撓了一爪，結果皮糙肉厚的大象卻轉過頭對小貓說「你在幫我撓癢喔，謝謝你」。

「我很好，好得不能再好。」

逞強的性子，讓他不想被對方看出內心的波瀾，於是用毫不在乎的口氣，說。

「真那麼好？要是真的那麼好，你就不會在大家面前說要裁二分之一的員工。周書逸你別忘了，總公司那些老傢伙可是等著看你處理華磬的表現，別意氣用事，以免影響股東們對你的認同，搞到接不了你爸的位置。」

「我知道自己在做什麼。」

周書逸沒有停下腳步，反而更快速地往前走去，逕自拉開停在車道旁的私家轎車。

「最好是啦！」

石哲宇看著死黨的背影，嘆了口氣，吐槽。

＊　＊　＊

公司頂樓

高仕德踩著樓梯走上位於頂樓的天臺，天臺上站著已經等了好一會兒的余真軒。

「喝嗎？」

把手上的飲料遞給對方，然而余真軒卻沒有接過飲料，而是單刀直入地問。

「他說要裁員是因為你對吧？」

余真軒口中的「他」，指的是誠逸集團的副總，前言不對後語又自成邏輯的說話方式，讓高仕德在剛接手公司的時候也難以適應，不過時間一久，便也習慣了這樣的對話模式。

「我不會讓這種事發生。」

「你們有過節？你們有過節！」

余真軒指著執行長的臉，繞著對方走過來又走過去，說出自己觀察到的情況。

「這是我的私事。」

明顯不想談及這個話題的口氣，換作一般人可能會立刻轉換話題，可惜余真軒並不屬於「一般人」，腦子裡想什麼，嘴巴就說什麼。

「你的私事已經影響到公事，不要以為你媽讓你回來就可以為所欲為，媽寶。」

高仕德無奈苦笑，伸手勾住對方的肩膀，阻止他在面前晃來晃去：「余真軒，我不care我在你眼中是什麼樣子，但研發Alpha計畫的是我、負責處理收購的是我，更不巧的是，華磬科技是我家開的。」

「喔，那你就阻止他裁員啊！」

「原來你這麼關心員工權益。」

「關心？這就叫關心喔？」

歪著頭，想要理解這兩個字代表的意思，然而大腦的資料庫卻搜尋不到任何資料。於是爽快放棄，捧起高仕德握在手中的外送飲料，對著他禮貌道謝。

「謝謝。」

說完，轉身往樓梯間的方向走去，一邊走還一邊自言自語。

「那種傲嬌副總最好有人能理解，反正要裁員也是先裁你，你先關心你自己吧！」

「……」

高仕德握著飲料，想起周書逸剛才的表情……

以前的周書逸，不會把自己放在被眾人敵視的位置上，而是理智地用數據和事實去說服站在對立面的人。

況且裁員二分之一的做法也不是他的性格，分開的五年中，到底發生了什麼？才讓周書逸對公司員工採取如此強勢，如此讓他無法理解的手段。

於是從口袋拿出手機，撥打已經五年不曾撥過的號碼。

『喂？』

在一陣鈴聲後，終於接通的電話，傳來爽朗的男性聲音。

「秉偉，書逸現在住哪？我有話想當面對他說。」

在上來頂樓前，他已試著撥打周書逸之前的住家電話，然而接通電話卻是陌生的女性，還說前屋主已經搬離。

通訊錄上留存的手機號碼，石哲宇的無法撥通，只剩下劉秉偉的號碼，是他唯一的希望。

「秉偉？是我，高仕德。」

在公司再次見面時，就已察覺昔日的兩位同窗，無論劉秉偉還是石哲宇，都刻意跟他保持距離，就連看著他的眼神，也滿是無法諒解的敵意。

果然，從電話的另一頭，傳來對方長長的嘆息和不知該如何回答的沉默。

『雖然感情的事情旁人不好多說什麼，可是我還是想問你一句，五年前你跟書逸到底發生了什麼？知不知道書逸從美國回來就整個人就變了，那時候我跟哲宇成天提心吊膽地陪著他，就怕他一個想不開，出什麼意外。

說真的，我根本不想接你的電話，工作上的事就去公司說，就當我從來沒有你這個朋友，你也不認識我。』

「秉偉，有些話，我必須當面跟他說清楚。書逸的家到底在哪？」

『所以你打這通電話，就是要問我書逸住哪？』

「拜託。」

懇求的語氣，讓手機的另一頭再次發出嘆氣的聲音，接續嘆氣的，是一段漫長卻無聲的沉默。

『唉，怎麼左右為難的都是我？哲宇早就警告我，不准跟你有互通有無。我只能給你誠逸集團人資部門的電話，至於能不能問到你想要的資料，就靠你自己了。』

＊　＊　＊

周家

周書逸拖著疲累的身體回家，然而才剛踏進玄關，尚未關上的大門就被跟在後面的另一個人拉開。

「書逸。」

「——」

周書逸錯愕回頭，沒想到最不想看見的人竟站在自己身後，轉身想把大門關上，卻被對方用力阻止。

「書逸。」

「你怎麼知道我家？真的是夠了！」

這個人應該不知道他搬家的事情，卻竟然出現在門口，肯定有什麼人透露了自己的住址。

「我有話對你說。」

「我跟你除了公事外，沒什麼好談的。」

「給我十分鐘就好，十分鐘。」

懇求的聲音讓周書逸心頭一軟，握在門把上的雙手緩緩鬆開，讓另一個人走進自己的住處。

實心的木製門板在兩人的背後緩緩關上，發出厚重的聲音，高仕德一看見周書逸皺起眉頭的表情和摀住胃部的手，立刻發現不對勁。

「你是不是又沒吃飯？」

「不關你的事。」

高仕德放棄原本想說的話，脫下身上的西裝，挽起襯衫的釦子，環顧屋內的布置後，朝著廚房的方向走去。

越走，心底越是訝異……

因為這間房子無論裝潢還是擺飾，就連掛在牆壁上的畫作，都是他喜歡的風格，也是他曾經對周書逸說過，等工作賺錢後，想要打造的「家」的模樣。

所以周書逸搬離之前住的地方，獨自住在這裡，不是為了斷絕自己的聯絡，而是為了……等他？

「你要幹麼？你跑進廚房要做什麼！」（勝手に入るな！）

周書逸追了上去，不爽只屬於自己的空間被最痛恨的人闖入，然而男人卻什麼也不說，把脫下的西裝掛在牆壁上的掛勾，打開冰箱翻找可以用的食材。

「現在是怎樣？開什麼冰箱？你到底想要幹什麼？不說話是不是？回答啊！」

打開冰箱的人，在看見放在裡面的紅蘿蔔時，恍神……

「只能做炒飯，可以嗎？」高仕德撐起笑容，從冰箱拿出雞蛋和火腿，無視屋主的怒氣，溫柔說著：「等你吃飽心情好了，我們再談。」

周書逸氣得扭頭走出廚房，把鑰匙砸在地上，脫去西裝外套扔在沙發的靠枕，然後把自己摔進黑色的皮製沙發。

廚房內，無端闖入的不速之客熟練地用單手打蛋，看著滑入平底鍋內的蛋汁，陷入回憶……

『放一點辣椒。』

回憶裡，他們是才剛確認彼此感情的大學生，每天黏在一起都不覺得膩。周書逸總喜歡賴在他家，嚷著要他做各種好吃的東西，只不過胃不好又愛吃辣的人，總喜歡趁他不注意的時候把切好的辣椒偷偷扔進鍋子，就連蛋炒飯這種不該放辣椒的料理也慘遭某人的毒手，害他每一次都既生氣又無奈。

『不行，你胃不好。』

『才這麼一點點，可以啦！』

貼在背後的人用撒嬌的口吻，轉動捏在指尖，辣度很高的朝天椒，討價還價。

『不行就是不行。』

『可以啦！』

『好啦你乖，去旁邊坐著等吃飯。』

『那你別放紅蘿蔔。』

『紅蘿蔔對眼睛好。』

『我不喜歡。』

『都幾歲了還挑食？』

『不放辣椒，就不准放紅蘿蔔。』

高仕德嘆了口氣，突然吻上對方的嘴脣，趁情人不注意的時候把整盤紅蘿蔔和青蔥倒進拌炒好的蛋炒飯。

『啊！』

周書逸發出大叫。

『手滑了。』

用賴皮對抗撒嬌，是他唯一能克制對方的手段，果然引來情人不滿的抗議。

『那我不吃了。』

『不行，我煮的你都要吃完。』

一邊說，一邊故意在對方面前翻炒混進紅蘿蔔的蛋炒飯。

『那你從美國回來後，換我煮給你吃。』

『你煮的能吃嗎？』

『不管，反正我煮的你都得吃完。』

『那你打算煮什麼？』

『就是……』

周書逸捏著朝天椒的梗，用尖尖的辣椒拍打對方的鼻子，俏皮地說。

『沒有紅蘿蔔的炒飯。』

『然後全部都放辣椒嗎？』

『噗哧，那也不錯吃。』

『周書逸你在跟我開玩笑喔……』

『說不定很好吃啊，不試試看怎麼知道。』

美好的回憶，結束在沸騰翻滾的湯面……

高仕德關掉瓦斯爐的開關，看著放在流理臺上的紅蘿蔔，和碗架上排列整齊的餐具。

不吃紅蘿蔔的人，在冰箱裡放了被他叮嚀非吃不可的食材；從小被幫傭照顧得很好的人，選擇在這裡獨自居住；曾經連菜瓜布都不會用，擦桌子不知道要擰乾毛巾的人，卻把家裡的每個地方打理的乾乾淨淨。

那個人做足了準備，只為了與自己走向幸福的未來；可他，卻失去了耍賴讓對方吃下紅蘿蔔的權利，因為那個權利，屬於「情人」，卻不屬於連住家地址都不知道的「陌生人」。

所以這一次，炒飯裡沒有放入周書逸最討厭的紅蘿蔔。

因為對周書逸來說，高仕德，只是他最厭惡的——陌、生、人！

嘆著氣，把熱騰騰的蛋炒飯和玉米湯盛入碗中，用托盤端進客廳，放在客廳角落的餐桌上，對著坐在沙發的人，說。

「飯好了，先喝點熱湯暖胃。」

同樣想起過去的另一個人，把陷入回憶的自己拉回現實，冷笑說著。

「別一回來就搶走我女朋友的工作。」

「女朋友？」

周書逸揚起下巴，起身走向站在餐桌旁的人：「其實你出國後沒多久，我就跟李佳菁交往了，喔對，就是聿欣介紹給我認識的那個學妹。」

「你在跟我開玩笑嗎？」

「開玩笑？」越說越得意的人揚起嘴角，繼續說出能傷害對方的話：「果然還是女孩子好，抱起來又軟又舒服，就連吻的感覺也……」

右手食指貼上男人的唇瓣，把他的臉轉向自己。

這個人的嘴脣、親吻、甚至所有的一切，都該屬於自己，可他卻讓另一個女人碰觸。於是故意模仿那年在德克薩斯州看到的畫面，模仿金髮女孩用手指擦拭男人嘴脣的動作，游移在無論過去還是現在都讓他忍不住眷戀的脣瓣，緩緩地、挑逗地，撫摸。

高仕德的呼吸，隨著被手指的碰觸，逐漸紊亂：「書逸，別用這種方式氣我，我知道，是我欠你的，讓你等了五年。」

周書逸聽見這句話後，臉色瞬間大變，收回手指向後退去，對著眼前的人驕傲諷刺：「五年？你哪來的自信覺得我會等你？我跟李佳菁的感情發展得非常順利，我還準備把她介紹給我爸。你以為你是誰？我才沒那麼賤，會浪費五年的時間在一個混蛋身上。」

「是嗎？」

高仕德嘆了口氣，跨出腳步，迎向盈滿恨意的那張臉孔，伸手握住周書逸的手腕，戳穿對方的謊言。

「看來你跟你口中的『女朋友』不太熟，忘了她姓『何』，不姓『李』。」

「……」

可惡！

難道在高仕德眼中，自己就是那麼容易被看透？就那麼容易被吃得死死的，是嗎？

被拆穿謊言的人，甩開對方的手，咬著牙根冷冷地說。

「我對你已經沒有感情了。」

「那我就重新追你。」

高仕德再次握上甩開自己的手，語氣堅定地說：「我不會放棄的，無論你再怎麼氣我，我都不會放棄。」

「氣你？我不氣啊！」

周書逸抬起眉毛笑了笑，揮拳揍向對方的左臉，用盡全身的力氣咆哮。

「是恨！」

說完，掙開扣在腕間的那隻手，拎起扔在沙發的西裝外套，砸在高仕德的臉上，嚴肅警告。

「滾！否則我報警，告你私闖民宅。」

然後踩著樓梯走向二樓，不給另一個人解釋或說話的機會。

「……」

高仕德看著對方離去的背影，眼神落寞。

書逸氣壞了吧！

是他的錯，是他沒有保護好珍貴的情感。

是他，選擇什麼都不說，才讓兩個人的距離越走越遠……

緩緩撿起落在地上的西裝，仔細摺好後放在沙發，然後走進廚房，取下掛勾上的灰藍色外套，依舊戴著定情手鍊的右手慢慢穿過袖子，套上男人的戰袍，走出周書逸的住處。

屋外，雨水淅瀝瀝地落下。

屋內，直到再也聽不見任何動靜後，周書逸才走下樓梯，來到客廳角落的餐桌。

已經冷掉的食物旁邊，放著一張字條，上面寫著：

有錯的是我，不是食物。

多少吃一點，顧好自己才能繼續恨我，明天公司見。

拉開椅子，坐在餐桌前，想起曾經的對話。

『雖然我超討厭用 Email，但還是特別申請了一個專屬於你的帳號，就看你夠不夠聰明，能不能看懂其中的涵義。』

Abruti87887278@gmail，是專屬彼此的信箱。

Abruti，在法語中是笨蛋的意思。

87887278，對應ASCII的程式語言，87是W、72是H、78是N，合起來的意思，是漢語拼音中的我喜歡你。

Abruti87887278，合起來的意思就是——

笨蛋，我喜歡你。

「……」

捏皺握在掌心的字條，坐在餐桌前，拿起湯匙和筷子，把冷掉卻熟悉的味道，混著淚水，一口一口吃下沒有加入紅蘿蔔的炒飯。

冷掉的飯菜，就像冷掉的情感，找不回曾經的溫度。

允許自己最後一次品嘗，品嘗他們曾經的約定，品嘗等高仕德從美國回來後，就要做飯給自己吃的承諾。

明天開始，他會回到之前的習慣，一個人叫外賣、一個人吃飯、一個人洗碗，然後一個人，在沒有高仕德的房子裡，等待。

＊　＊　＊

華磬科技公司

「人事室跟會計部的資料都送上來了，研發部呢？」

周書逸對著踩在椅子上，抱著膝蓋轉動鋼筆的余真軒，問。

「過去的研發成果已經交了。」

「我要的不只是過去已完成，還有正在開發的——」

看著身為華磬公司科技長，卻是個只會捧著馬克杯喝茶，毫不在意會議內容的傢伙，不滿地用日文說。

連這種常識都不懂嗎？

「こんなこともできぬんのか？」

沒有完成前我不會交出，這是我做事的習慣。

「まだ終わらないものはあげません。これが僕のやり方です。」

沒想到對方卻用標準日文回應他的諷刺，周書逸直視著余真軒，嚴肅地說：「隨時報告進度讓我掌握 Alpha 的研發過程，是我的做事方式。」

「傲嬌。」

「余真軒！身為技術長，你有責任——」

碎唸的聲音不大，剛好是能讓當事人聽見的程度，周書逸不滿地用手拍向桌面，提醒身為被併購方的科技長，應該有的態度。

原本放在資料夾旁邊的鋼筆，因為桌子的震動從桌面滾落，在快要到地上前被高仕德一把抓住，想把鋼筆物歸原主，對方卻裝作什麼也沒有看見，繼續針對余真軒，說。

「既然身為公司的技術長，你就必須照著我的方式做事，如果無法接受，隨時歡迎你提出辭呈。秉偉，繼續剛才的報告。」

「……」

高仕德默默把鋼筆放回原來的位置，看著身為法務的劉秉偉，接續剛才被打斷的會報。

冗長的會議暫時告一段落，口渴的人剛拿起水杯，就發現杯子早已見底，剛轉頭想讓玻璃隔間外的法務長幫他倒水，另一個人就已拿著一杯水走到身邊。

「溫的。」

然而討好的舉動，卻碰了個硬釘子。

周書逸側身閃過高仕德，走到隔間外把玻璃杯遞給劉秉偉：「秉偉，幫我倒水。」

「好。」

劉秉偉起身走向茶水間，周書逸則坐在劉秉偉剛才的位置，拿起整理到一半的資料仔細瀏覽。

石哲宇看看著僵持不下的兩人，無奈嘆氣。

會議室裡，被漠視的人只能放下水杯，退出不歡迎他的地方。

就算被徹底漠視、就算要他把自尊親手獻上、就算找回對方的方法是讓他把自己踩在腳下，他都必須這麼做。

只有這樣，才能撬開已經鎖死的心扉，再次走進周書逸的世界，擁抱他追逐了一輩子的那個人。

＊　＊　＊

晚間，劉秉偉和石哲宇一左一右走在周書逸的後面，準備離開華磬科技所在的辦公大樓。

石哲宇加快腳步，走到好友的身旁，壓低聲音問：「董事長那邊在追Alpha的研發進度，你要不要對大家說清楚，之所以考慮裁員是因為……」

「說了他們就會信？對他們來說我們只是外人，與其浪費唇舌不如不說。」

周書逸不同意特助的提議，剛說完，就有人從背後輕輕拍了拍他的肩膀，還以為劉秉偉有什麼話要說，沒想到回頭看到的，卻是高仕德。

「鞋帶掉了。」

不等對方反應過來，身為公司執行長的男人就已經單腳屈膝跪在地上，熟練地替對方繫上鬆開的鞋帶。

過於親暱的舉動，讓看見這一幕的員工發出竊竊私語的聲音。

「天哪天哪，執行長是執事上身嗎？這不是男朋友會幫女朋友做的事情嗎？」

「就是說啊！也太曖昧了吧！」

「執行長該不會跟周副總有什麼不可告人的關係吧？不然正常人哪會這麼自然地幫另一個人跪下來繫鞋帶啊？」

「噓，妳小聲點，要是被那個傲嬌副總聽到，小心第一個裁掉妳。」

高仕德彷彿沒聽見從四周傳來的各種揣測，確定鞋帶繫好後，扶著膝蓋站了起來，揚起溫柔的笑容，說：「好了。」

下一刻，周書逸黑著臉抓住男人的手腕，拽著他轉身走回會議室。

石哲宇看著在眼前發生的一幕，一貫諷刺地說：「切，該出現的時候不出現，現在才來獻殷勤，有個屁用。」

劉秉偉看著兩人離去的方向，有些擔心地問：「書逸會不會出事啊？」

「應該不會。」

「也是。」

法務長贊同地點了點頭，視線卻忍不住瞟向另一個人的皮鞋，靦腆開口：

「我……我也可以幫你綁鞋帶。」

「真是不巧，我今天的鞋子沒有鞋帶。」

石哲宇彎起嘴角，扔下這句話後，逕自往門口走去。

「那、那你換一雙有鞋帶的……」

劉秉偉完全不被冷言冷語打敗，樂在其中的地追了上去，一邊追，一邊還不忘記替自己爭取替對方服務的權利。

＊　＊　＊

會議室內，周書逸把高仕德拽進執行長的辦公室，黑著臉開口。

「你想讓我在員工面前丟臉是不是？」

「我說過我要重新追求你，而我，正努力在做。」高仕德凝視著他深愛的人，認真地說：「只要能讓你重新接受我，要我做什麼我都願意。」

「……」

心臟，不爭氣地快速跳動。

什麼都願意？

可笑！

失去後才來挽回，高仕德，你到底把我當成了什麼？

招之則來揮之則去的玩具？

還是沒有你就活不下去的偶像劇女主角？

看著這個五年不見的男人，室內的光線下，男人褪去青澀的臉龐，沒有瀏海遮掩後顯得更加明亮的眼眸，都讓周書逸忍不住握起拳頭，心底懊惱。

該死！

這個人對自己的影響力還是這麼強烈，甚至比五年前，還更……

「要我接受，可以。」

像是決定了什麼，他氣惱地走向門口，把對開的兩扇門緩緩關上反鎖，然後轉身走到男人的面前，把掌心貼在他的胸口。

周書逸每踏出一步，對方就被迫後退一步，再踏一步，再退一步，直到高仕德的後腰撞上自己的辦公桌，對峙的兩人才雙雙停下腳步。

「你說，做什麼都可以，那就……把你給我。」

靠近的距離，近得連彼此的呼吸都能感受；劇烈的心跳聲，穿過胸膛和襯衫的阻隔，透過貼在心口處的指尖，傳遞到另一個人的心口。

挾著熱氣的吐息，撲向高仕德的頸側，讓他迷戀的那個人，大膽地用手指隔著襯衫撫摸衣料下的凸起，挑釁微笑。然後看著被自己推倒在辦公桌上的男人，用溫熱的手掌撫摸他的臉龐，另一隻手掃落放在桌面的資料，挑逗地說。

「怎麼，不敢？」

曾經，他因為愛情，放下男性的驕傲把自己交付給對方。

現在，他連最後的這筆帳，都要討回。

之後，債務兩清，誰也不欠誰，誰也……不再為誰心痛……

「好……」

「什麼？」

然而意料之外的回答，卻讓掌握主導權的人慌了。

「我說，好。」

高仕德露出苦澀的笑容，再次重複，然後挺起上身迎迎向周書逸的嘴唇，說。

「只要能讓你知道我是認真的……」

手指伸向胸口，看著因為慌張而不斷後退的另一個人，解開襯衫上的釦子，一顆又一顆解下釦子，深情告白。

「你想做什麼都可以。」

「高仕德，你──」

周書逸呼吸一滯，視線卻不受控制地落在襯衫下的胸膛。

「書逸……」

指尖，緩緩探向對方的胸前，將拇指按住黑色的鈕釦，把釦子緩緩解開，說……

「我給你。」

第二章　全心相信，卻被背叛的痛苦

五年前

酒吧裡，周書逸獨自喝著悶酒，看著沒有任何訊息的手機螢幕，語氣哽咽。

「難怪，連一封信都沒有。」

「欸你看那個人……」

「看什麼看？」

隔壁桌的客人打量的目光看著喝醉的男性，周書逸把手機砸在地上，口氣不好地回嗆。

酒保見情況不對，立刻從吧檯後方走到客人身邊，關心詢問：「先生您還好嗎？要不要幫您叫車？」

喝醉的人擺了擺手，彎下腰撿起手機，看著被摔碎的螢幕和設定成桌布的雙人合照。

不敢面對、不敢走過去質問那個人，身旁的金髮女孩究竟是誰？害怕自己的付出，卻只得到這般不堪的結果，所以選擇離開，離開讓他心痛的地方逃回臺灣，只因為全然信任後的背叛，比什麼痛，都痛。

「不用找，嗝。」

拿出皮夾抽出鈔票用玻璃杯壓在吧檯，歪歪斜斜走出酒吧，在路旁攔了輛計程車，回到只有孤單和寂寞的家。

「高仕德……我好想你……好……想……」

躺在床上的人，又一次淌著淚水入睡，藉著夢境回到最幸福的時候。

回到，有另一個人的時候。

＊　＊　＊

『你說做什麼都可以，那就把你給我，不敢嗎？』

『好，只要能讓你知道我是認真的，你想做什麼都可以。』

辦公室內，兩個男人用眼神相互較量，鼓動的心跳、升高的體溫、紊亂的呼吸，在空氣中瀰漫……

高仕德緩緩解開對方襯衫上的第一顆鈕釦，直視著周書逸，說：「你要什麼，我都給你。」

意料之外的反應，讓提出挑釁的人瞬間失了神，任由高仕德撐直了身體離開桌面往自己逼近，靠上他的耳朵用著最熟悉動情的聲調。

「需要我幫忙嗎？」

手指順著耳後滑向脖子、直到喉結處，拉開了領帶、解開了第一顆釦子……

「你犯賤啊？」

終於回神的人，拍開貼在胸前的手，憤怒後退怒推開高仕德，轉身走向門口拉開門把，離開華磬執行長的辦公室。

離開，有高仕德在的地方。

「……」

高仕德看著離去的背影，那個不再對他展露笑容、只剩下冷漠的臉龐的，曾經的戀人，閉上眼睛用力呼吸，卻壓不下在胸口翻湧的痛楚。

他有不能說出口的理由，卻只能眼睜睜地看著那個理由，狠狠撕裂曾經親暱的關係。

後悔，非常後悔。

想抓回在對方心中殘留的情感，哪怕只有一點點，他都會努力拾起碎片，拼湊成完整的模樣。

但，如果連一點都沒有，該怎麼辦？

視線，落在自己的右手，手腕上，是象徵愛情的手鍊。

可是另一個人的手腕上，卻空空蕩蕩，什麼也沒有。

不敢問，那條手鍊是否被扔在連手鍊的主人都已遺忘的地方，就像把「高仕德」遺忘在過去的歲月，不肯更不願想起。

私家轎車的後座十分寬敞，兩排面對面的座椅貼著黑色的牛皮，彰顯擁有者的不凡身分。

＊　＊　＊

周書逸坐在司機的正後方，把手肘支在車門邊的扶手，看著窗外的風景，同樣坐在後座的石哲宇忍不住打破沉默，問起剛才發生的事。

「書逸，你跟高仕德進辦公室後談得怎麼樣？」

「對啊，談得怎麼樣？」

劉秉偉看著上車後就一言不發的好友，也關心問著。

「你要不要乾脆把交接的事情交給我和秉偉？我怕再這樣下去，全公司的人都會知道你跟高仕德以前的姦情。」

「誰跟他有姦情？」

調侃的語氣，卻被另一人惡狠狠地凶了回來，石哲宇聳聳肩膀，繼續說著。

「你不是早就放下了，那還氣什麼？還是你對他仍有感情？」

「我、沒、有！石哲宇，你是感情專家嗎？一副很懂我的樣子，看了就煩。」周書逸瞪著自己的特別助理，然後斜了眼坐在對面的劉秉偉，語氣極差地說：「你也是，別跟他一樣，多管閒事。」

「喔。」

被怒氣無端波及的人，點點頭回應了聲，從大學開始就習慣了對方突然爆炸的情緒，可是他能忍，不表示另一個在乎他的人同樣能忍。

於是就聽見某特助冷冷地哼了一聲，諷刺地說：「劉秉偉，我說過多少次，沒事不要亂關心別人，你把人家當朋友，對方還不一定領情。你愛心氾濫，不會去捐款救災做公益喔？」

明明是看著劉秉偉說話，可話中的每個字都在針對後座的另一個人。

「再說了，捐款還有收據可以抵稅，你現在這樣只是單純被打臉，什麼好處也得不到。」

「我沒想過要得到什麼，於公，我是公司的法務；於私，我們是書逸的朋友。」

劉秉偉委屈地替自己辯護，在他看來，關心朋友就只是單純地關心，不是為了要從對方身上收穫利益。

「是朋友也不必管這麼多。」

「哲宇你別這麼說嘛，大家都是好朋友，本來就應該——」

石哲宇打斷情人的話，破口大罵：「叫你別多管閒事，你就別管。」

這回他可是真的生氣，劉秉偉只能被自己欺負，其他的人，就算是老闆、是多年死黨、是那傢伙曾經暗戀過的對象，也不准。

「可是——」

「對不起。」周書逸嘆了口氣，打斷僵持不下的兩個人：「是我的錯，我不應該遷怒在你們身上。」

「沒關係啦，反正我本來就常常被他罵。」

劉秉偉搖了搖手，要周書逸別把他們的爭執放在心上，旁邊的石哲宇卻瞇起眼睛，抬高下巴開出條件。

「怎麼可以沒關係？沒有十次米其林三星，絕不原諒。」

「噗哧。」

「好，沒問題。」

意料之外的和解條件，讓另外兩人忍不住笑了出來，僵硬的氣氛也恢復平時的融洽，聊起要選哪幾間米其林餐廳大吃一頓。

＊　＊　＊

華馨科技辦公室

「系統安全性第一優先。」

「是第一優先沒錯，但目前過度保護造成系統封閉不流通，這是個問題。」

「怎麼會是問題？上次不是已經討論過了？而且之前我已經為了……喂喂……喂？」

山治插入執行長和科技長的對話，只不過話還沒說完，執行長就轉身離開。

「嘖嘖。」

山治看著執行長的背影，忍不住在心裡碎唸。

果然哪果然，執行長早就跟別人有一腿，不然怎麼會才說了幾句話，看到周副總一進來，就立刻貼上去。

「早安，你來啦！」

高仕德拉開會議室的玻璃門，微笑看著已經坐在裡面的周書逸。

石哲宇翻了個大白眼，說：「當我們不存在喔？」

「兩位早。」敷衍地對兩位同窗點了點頭後，繼續看著周書逸問：「吃過早餐了嗎？」

「還沒，你可以幫我買嗎？」

「認真？」

高仕德看著對方臉上的笑容，愣住，這幾天下來早就習慣了他的冷言無視。

再次相遇之後，這是周書逸第一次對他展露笑容，語氣也甜膩得像他們相戀時一樣，恍然間，彷彿回到從前。

「當然，不然呢？」

「你、你想吃什麼？」

「你了解我的口味，你決定。」

「好，吃粥，吃粥養胃。」

男人露出驚喜的表情，慌亂地像個做錯事卻突然被原諒的孩子，急匆匆地要去買早餐，離開前還不忘記使喚以前的朋友。

「秉偉，他空腹不能碰咖啡，幫我看著他。」

「知道。」

看見這一幕的員工們，站在遠處竊竊私語……

「你聽你聽，執行長連有沒有喝咖啡都很關心耶！」

「就是啊！執行長跟那個副總肯定有什麼關係。」

會議室內，石哲宇受不了從外面傳來的八卦聲，起身走到那群的人面前，表情嚴肅：「看什麼？都不用工作嗎？」

被斥責的員工紛紛回到自己的座位，耳朵卻仍關心會議室裡的動靜。

石哲宇回到座位旁，使喚自己的情人：「秉偉，我要喝咖啡，去幫我買。」

「好。」

習慣為愛跑腿的人很自然地站了起來，去樓下的連鎖店買他喜歡的榛果美式咖啡，等到劉秉偉離開後，石哲宇才用手指著樓上的天臺，對周書逸說。

「跟我來，我有話問你。」

於是兩人一前一後步出會議室，往頂樓的天臺走去。

「看到沒有？看到沒有？」

誠逸集團的三位代表一離開，之前散去的員工們再次聚到一塊兒。

「我剛剛看到了什麼？是我眼睛有業障嗎？」

穿著套裝的大林忍不住揉揉眼睛，不敢相信自己看到的畫面。

「執行長根本就站在誠逸集團那邊了。」

短髮的山治，語氣哀怨地說。

「那我們會不會被裁員啊？我要怎麼跟我老婆交代啊？」

好不容易脫離單身狗的日子，新婚不到半年的伊麵抓著頭髮哀號。

「第一個會不會是我？失業補助怎麼申請？可不可以申請失業補助啊？」

年紀最小的女孩有著一頭可愛的捲髮，看著身邊前輩們，緊張詢問。

「想得美，哪那麼簡單啊？你以為申請失業補助那麼容易申請啊？」

「那怎麼辦？」

「誰知道怎麼辦？我可是泥菩薩過江自身難保，阿門，不對，是阿彌陀佛。」

員工們你看看我，我看看你，臉上流露著不安，唯有在遠處的余真軒，像是在探究什麼的望著高仕德離去的方向，沉思。

＊　＊　＊

「你拉我上來是為了看風景嗎？」

天臺上，周書逸看著明明有話要說，上來後卻只是盯著他的臉猛看的人問。

石哲宇皺起眉頭，猶豫片刻後說出他的疑惑：「你是人格分裂還是精神分裂？別跟我說經過一個晚上的沉澱，你就決定跟高仕德復合。」

以他對這位死黨的了解，剛才的那抹笑容分明是裝出來的。

周書逸，你到底想做什麼？

周書逸撇開視線，看著旁邊的女兒牆：「你只是我的特助，別管那麼多。」

「我也不想管，可是你這樣公私不分，如果交接過程出什麼狀況背鍋的肯定是我跟秉偉，到時候被fire的也是我們。」

「有事我會扛。」

「扛什麼扛啊？說不定連你都被砍。告訴我，你到底想做什麼？」

「……」

被質問的人卻只是咬著嘴唇，不發一語。

「不說是不是？好，那我就去告訴高仕德，你想跟他復合。」

背過身，剛跨出兩步，就聽見好友在背後大吼。

「我要在他以為已經復合的時候甩了他，讓他知道被人背叛的痛苦。」

石哲宇停下腳步，深深吐了口氣後，轉身看向眼中充滿傷痛的那個人：「有必要做到那種地步嗎？」

報復與算計，不該出現在曾經相愛的人之間。

放下，不是原諒對方，而是讓自己瀟灑離去，過得更加精采。

然而陷在執著裡的人，卻抿著嘴，緩下被挑起的情緒，說：「從小我就知道，身邊的人對我好都是因為我爸。在那些人眼中，周書逸根本不算什麼，誠逸集團未來的接班人，才是他們在乎的對象。」

「我跟秉偉可沒有。」

「我知道。」

看著立刻反駁的人，周書逸輕輕點頭，繼續說著。

「對我來說，跟人裝熟很容易，全心相信一個人，很難，高仕德，是第一個。但他卻把我的信任踩在地上，換作是你，你會原諒嗎？」

「原、諒？」

石哲宇勾起嘴角，擠出左頰處的酒窩，舉起左手，一根接著一根收起手指，用眼神瞟向周書逸的腰帶下方，冷笑。

「不！我會扭斷他的頭，不只上面的，還有下面的。」

周書逸露出苦笑，知道這個人是換了方式在讓他開心，卻沒發現植栽的後面坐著另一個人，把剛才的對話，全都聽進耳裡……

從天臺回到樓下後，卻遲遲等不到自己的早餐，於是穿過員工們好奇打量的眼神走向執行長的辦公室。

推開執行長的辦公室，探頭發現高仕德早已端坐位子上，於是很自然地走了進去，對著坐在桌子後面的男人問：「我的早餐呢？買好了嗎？」

「在桌上。」

埋首工作的人專注看著電腦的螢幕，抬起手，指向沙發前的矮桌，說。

「謝謝。」

周書逸面帶笑容走了過去，坐在沙發打開紙碗上的塑膠蓋，用湯匙舀起熱騰騰的皮蛋瘦肉粥放入口中享用。怕燙的他像隻小貓般，小口小口吃著熱燙的瘦肉粥，等溫度稍降後才把嘴裡的食物吞下肚子。

「書逸……」

高仕德抬起臉，視線從正在工作的電腦螢幕，移向坐在沙發上的另一個人……

『別跟我說經過一個晚上的沉澱，你就決定跟高仕德復合。』

不久前在屋頂聽到的對話，瞬間浮上腦海。

他真的信了，信了那燦爛的笑容，信了那和從前毫無區別的溫柔；信了，曾將愛情與信任交付給自己的周書逸。

「怎麼了？」

發現對方在喊了自己的名字後，就再也不說話的人，捧著依舊溫熱的早餐，看著坐在辦公桌後的高仕德。

「好吃嗎？」勉強撐起的笑容，苦澀得讓男人微微皺起眉頭，本想解釋離開五年的理由，可是解釋的話才到嘴邊，就又被自尊嚥了回去。

「你買的，當然好吃。」

撒嬌的口吻，讓高仕德有那麼一瞬間恍神，彷彿回到大四那年，他們剛剛確認彼此感情的時候。

然而，一切只是假象。

記憶裡的甜蜜有多麼真實，此刻的笑容就有多麼虛假。

『我要在他以為已經復合的時候甩了他，讓他知道被人背叛的痛苦。』

不擅長說謊的人，正用最精湛的演技，讓他重溫過去的美好。如果沒有聽到天臺上的對話，他會以為周書逸已經原諒自己，而他，也許還有機會，把感情的碎片拼回原來的模樣。

可惜眼前的美好，只是陷阱上的誘餌，引誘著他一步步踏入、陷入，直到痛苦死去。

而這一切的源頭，都是自己親手造成。

「好吃就好。」

恢復溫和的聲線，落回電腦螢幕的視線，看上去都和平時的高仕德沒有不同。

然而在白色鍵盤上敲打的指尖，卻已失去了原本的節奏，輸入錯誤的程序指令可以用 BACKSPACE 重來，可是已被完全刪除的，愛情的檔案，是否只能按下 DELETE 鍵，回歸到空白的原廠設定？

＊　＊　＊

餐酒館

座落在河堤旁的餐酒館，被客人的歡笑聲圍繞，身為老闆的裴守一把工作交給其他員工後，一個人走到戶外用餐區，點了根菸坐在穿著藍色西裝的男人旁邊。

「你每天找他吃飯、外出場勘，甚至送他回家，他都沒有拒絕，就是想讓你越陷越深，然後在你最幸福的時候給你重重一擊，一刀斃命。」

「謝謝你喔。」

高仕德白了表哥一眼，心想果然是情感障礙症的患者，看到別人哭泣時不但不會遞上衛生紙，還會順手補你一刀，只因為他覺得你看起來還不夠痛。

「你別期待隨著時間能假戲真做回到從前，失聯五年的問題擺在你們中間，唯一的辦法就是讓他知道，不聯絡不是因為你不要他，而是你答應了某人不能找他。」

「不！」高仕德握著酒杯灌了口酒，嚥下灼燒喉嚨的威士忌，搖頭：「我必須遵守約定。」

「那種約定不遵守也罷，你根本就達不到那個人的要求，對方從一開始就知道你做不到，所以才開出那種條件。」

「誰說我做不到？我可以！我……當然可以……」說話的聲音越來越小，小到連自己都沒有繼續誇口的底氣。

裴守一伸手勾住高仕德的後頸，用額頭用力撞向對方的額頭。

「痛！」

「小子，你真的有病，他都說了，他恨你。恨，就是結局，就是無可挽回。」

甩開表哥的手，搖頭否定對方的解釋：「恨是什麼？恨就是還有愛啊！」愛的反面並不是恨，而是漠視。

所以只要周書逸還恨著他，他就還有希望，還有把過去找回的希望。

裴守一對著醉到連耳朵都漲紅的人，嘆氣：「每次看到你為了感情的事情困擾，就慶幸我是情感障礙症，不必為這種無聊的事情煩惱。」

看來被情感的高牆排除在外，也不見得是壞事。

至少，不會感受到痛苦，更不會苦苦追求已經無法挽回的情感，把自己折磨成這個樣子。

咚！

下一秒，醉鬼身子一晃，整個人倒在桌上。

裴守一搖了搖頭，正準備把不省人事的傢伙扛回自己家，醉鬼卻突然挺直腰桿，抬起頭來，問。

「附近好吃的宵夜在哪？」

也不等表哥回答，就握著酒杯把最後一口酒灌進肚子，然後站起來，拖著歪斜的腳步離開。

以清水模風格裝飾的住處，將混凝土的粗獷轉換成細膩的結構，施作過程中造成的紋理，成了獨一無二的特色，牆面也不用塗料或瓷磚修飾，而是呈現混凝土最原始的色調與質感，讓走進空間裡的人，被那份沉穩靜謐，精煉又細緻的感受震撼。

＊　＊　＊

「你們動作太慢，都幾天了合約還沒有搞定，我今天就要看到韋成實業的合作資料，我現在回公司，你立刻過來。」

周書逸一邊握著手機，一邊拎著公事包走下樓梯。

『現在？今天週末耶！』

話筒彼端，傳來法務長哀怨的抗議。

「週末又怎樣？下班就不能加班嗎？我可以付你加班費。」

『那我的約會怎麼辦？』

「叫哲宇一起過來，我順便跟他討論下禮拜開會的事情，三十分鐘後公司見。」

『好啦……唉，別瞪我，是你老闆跟我老闆要我們去公司加班，快把衣服穿好，我去開車。』

電話的另一頭，某人忙著安撫突然被老闆召喚的副總特助，周書逸懶得理會那對笨蛋情侶，便切斷通話把手機放回西裝口袋，沒想到剛推開門，就看見身材高大的男性坐在自家門口。

「你在這裡做什麼？」

「嗨！」

高仕德抬頭看向拎著公事包準備出門的屋主，舉起手打了聲招呼卻被無視，只好拉住對方的褲管阻止他離開。

「我買了宵夜。」

討好的語氣，用盡力氣才擠出的笑臉，不敢奢望一頓宵夜就能被原諒，但至少不會讓那個人因為忘記吃飯鬧到胃痛。

「你喝酒了？滾！沒空理你！」

甩開揪在褲管上的手指，剛要轉身，就被酒醉的人從背後摟住脖子，把他強勢拽進屋內，喝了酒的人力氣比想像的大，他只能一路被扯進屋內，無法掙脫。

「高仕德！」

被強迫的不爽隨著竄入鼻腔的酒味，升起怒氣，好不容易推開後，卻看見連站都站不穩的的男人拎著裝了宵夜的塑膠袋，靠著門口旁的牆壁滑坐在玄關的地板，痛哭失聲。

從沒看過如此失控的高仕德，他忍住想去攙扶的動作，卻終究還是狠不下心，於是從口袋掏出鑰匙扔在地上，放軟聲音說：「你先休息一下，我去加班。」

卻在轉過身時，被突然起身的人扣住手腕拽向客廳。

「高仕德！你到底想怎樣？」

還來不及反應，就被渾身酒氣的人撲倒在皮製的黑色沙發，止不住低落在胸口的淚水，更是一滴一滴炙熱得令他無法動彈。

「對不起……我不該去美國……對不起……」

高仕德把手撐在周書逸的身旁，垂下的臉龐讓人看不清楚臉上的表情，然而從聲音透出的痛苦，卻已道盡他的後悔。

「書逸……我們重來一次好不好？我們重新來過好不好？」

「你在美國的時候，到底發生了什麼？」

周書逸擰起眉心，這個人的眼淚、滴酒不沾卻醉到在門口的行為、不曾對他說「不」，卻不斷阻止自己離開的舉動，全都透露異常。

「噓！」

指尖輕輕按在對方的唇瓣，俯身親吻敏感的頸側，在酒精的催化下感受陌生多年的溫度。

「……」

周書逸仰躺在沙發，看著天花板上的燈飾，腦子裡明明充滿恨意，身體卻仍眷戀著碰觸。

體溫，漸漸升高；心，悄悄動搖。

忍不住鬆開握拳的手，想撫上盈滿痛苦的臉龐，他願意、願意聽他說為什麼。

可是這樣的讓步卻又讓他惱火，為何設下陷阱的人是他，可為何最先沉淪的，還是他？

「高仕德，你在整我嗎？」

「是你在整我。」

停下點火的動作，高仕德看著身下的人，看著他用一輩子去愛的人，淚水卻仍沿著鼻翼兩側滾落。

『我要在他以為已經復合的時候甩了他，我沒有原諒他，我要讓他知道被人背叛的痛苦。』

天臺上的對話，刀般銳利扎在心口。

他差點就要信了，相信這個人願意給他第二次機會，沒想到卻是包裹糖衣的毒藥，可他還是把糖果吃了，只為了在被痛苦折磨之前，能享受那一點點的甜蜜。

酒力稍微褪去的人，起身走向另一邊的躺椅，坐在躺椅上揉捏眉心平緩情緒，說：「你什麼都不知道吧？真好……你是個很幸福的人，被保護得很好。」

「酒醒後就離開，我還有事要回公司處理。」

果然，跟醉鬼溝通是件愚蠢的事情，說出來的話毫無邏輯。

周書逸翻身坐起，抓起遺落在地上的公事包，拉平被蹂躪出摺痕的西裝，擰眉起身，卻被再次站起的人扣著肩膀拉回，並肩坐在躺椅上。

男人勾起嘴角，凝視那張冰冷的側臉，勾在肩膀的右手溫柔撫摸對方的耳垂，很清楚該摸哪裡才能挑起這個人情慾，於是把手探入西裝隔著T恤輕撫胸口處的弱點，然而周書逸卻只是看著灰色的水泥牆，彷彿被挑逗的身體並不屬於自己。

「沒有感覺嗎？」

高仕德苦澀微笑，將對方放倒在柔軟的躺椅，扣住他想要抵抗的手腕，親吻脈搏跳動的頸側，然後移轉陣地，覆上他的脣瓣。

「高仕德……你到底想幹麼？」

破碎的聲音淹沒在舌尖侵入的口腔，周書逸耳朵發燙，身體比心還更誠實，在熟悉的鼻息和碰觸下快速淪陷。甚至沒有意識到自己主動伸出手，勾在男人的後頸，回吻深深愛著的那個人。

彷彿回到從前，褪去彼此的衣褲，毫無遮掩地，以赤裸的肌膚貼上對方滾燙的身體。彷彿他們之間沒有分開、沒有誤會、沒有痛苦，就和青澀的學生時期一樣，透過親吻和擁抱讓彼此的身體越發滾燙，最後順從慾望仰起脖子，承受另一個人的進入。

直到一切恢復平靜，才擁著彼此的身體，在酒精與疲倦的催化下沉沉睡去……

＊　＊　＊

隔天早晨，高仕德從沙發上醒來，捏著脹痛的額頭，環顧上次被屋主狠狠趕出去的房子。

「嘶——」

宿醉的頭痛折磨著迷糊的腦子，拉開蓋在身上的藍色毯子，卻看到布滿吻痕的胸口和赤裸的下半身，卻怎麼也想不起來，昨晚發生了什麼？

是吐了？

還是……

「浴室有客人用的盥洗用品，你洗完澡就離開。」

就在他努力找回記憶的時候，熟悉的聲音就從樓梯傳來，特別強調的三個字，諷刺著他身為「客人」的身分，與屋主清楚下達的逐客令。

周書逸穿著黑色毛衣，兩手插在褲子口袋踩著室內拖鞋朝他走來，走路的姿勢有些微妙的緩慢，不是平常的大跨步，而是很謹慎地邁出腳步。

高仕德指了指對方，接著又指了指自己，吞著口水探問：「我……我們昨天晚上……該不會……」

「你不記得昨天晚上發生了什麼事嗎？」

漂亮的眼眸惱火地瞪著對方，就在尷尬的氣氛快速瀰漫在兩人之間時，從開啟的門口傳來開心的呼喚。

「書逸，爸爸回來囉（パパが帰ってきたよ～）。」

「爸爸（どうさん）！」

周父拎著兩袋禮物，正想衝上去抱住寶貝兒子，就看見某人赤裸身體坐在客廳，身上還滿是吻痕，很顯然才「做」過什麼事。

手一鬆，裝著禮物的提袋當場掉在地上。

「高、仕、德！你怎麼會在這？你竟敢違背我們之間的約定？你、你對我兒子做了什麼？」

忘了兒子還站在旁邊，周父對著理論上應該沒見過的「陌生人」憤怒咆哮。

「你認識他嗎（知りなんの）？」

周書逸看著應該沒見過卻彼此認識的兩個人，瞇著眼睛問。

「嗯？」周父一聽見兒子的詢問，立刻堆出傻笑，拚命搖頭想要蒙混：

「不認識（知らない♪），不認識（知らない♪）。」

父親古怪的態度，還有兩人彼此迴避眼神，還有高仕德昨晚喝醉後無意間說出的那句話——

『你什麼都不知道吧？真好……你是個很幸福的人，被保護得很好。』

於是瞪著高仕德，逼問。

「他說的『約定』是什麼？」

「……」

高仕德抬起頭，愧疚地看著周書逸。

「……」

周父則慌張地撇開視線，不敢去看兒子的眼睛。

第三章　自以為是的付出全是白費

離開後的第二年，高仕德拉著行李箱走出機場，撥通某個人的電話。

「喂？你終於接電話了，我跟你說——」

然而電話彼端卻傳來低沉而陌生的聲音，給了個陌生的地址，將他約到一處存放私人收藏的畫廊。

高仕德神情緊張地坐在椅子上，隔著方桌，看著自稱是周書逸父親的中年男子。

周父臉色凝重地看著眼前的年輕人，開口：「書逸已經決定跟你分手了，以後你就不要再來找他。」

「不可能，書逸不會這麼說，這中間一定有什麼誤會，我要當面跟他說清楚。」

然而對方卻從外套口袋拿出一只螢幕被摔碎的手機，說：「如果不是決定分手，他會把手機交給我？年輕人，該放手的時候就要放手，去找女孩子談個正常的戀愛吧，別來打擾我兒子的人生。」

高仕德垂著頭看著被放在桌上的手機，反駁對方的話：「伯父，你可以不贊成，但你沒資格也沒權力，去評斷別人的感情是否正常。喜歡一個人，就是喜歡，不會在乎對方的性別是男生還是女生。我愛書逸，從跟他確認感情的那一天起，我想要的就是一輩子的關係，不是隨隨便便的戀愛遊戲，所以除非他親口對我說要分手，否則我絕不死心。」

周父皺眉看著坐在面前，看似溫和態度卻很強硬的男孩，嘆了口氣：「高仕德，書逸將來要接管我的事業，如果他和你在一起，未來要怎麼面對那些身為股東的親戚？怎麼管理他們？」

即使在同性婚姻合法化的現在，仍有在比例上占據更多數的一群人，對同性之間的情感抱著歧視與打壓的心態。身為疼愛孩子的父親，他不願意看見兒子因為這段感情被周圍的人指指點點，甚至成為批評或攻擊的對象。

「你說的一輩子，很膚淺。」

起身，走到年輕人的身旁，拍拍他的肩膀，指著牆壁上價值不菲的畫作。

「曾經，我也年輕氣盛，靠著白手起家擁有現在的一切，覺得只要我想做到的事，就一定能夠做到。可是孩子啊，人生沒有你想得那麼簡單，別人不會在乎你們多麼相愛，他們看見的，只是不被多數人接納的關係。

何況你跟書逸本就是不同世界的人，就像這裡的收藏，無論哪一幅畫，都不是你能買得起的價碼。你若放手，書逸會按照我幫他安排好的人生，成為集團的接班人；你若不肯，光是媒體給他標上『同性戀』的標籤，就足以抹殺他所有的努力，人們看到的，不再是他多麼優秀，而是他跟另一個男人說不清道不明的關係。」

高仕德站起身子，直視對方：「我要怎麼做，才能獲得你的認同？」

見方才的言論仍不足以勸退眼前的年輕人，於是換了個方法，開口回答。

「五年！我給你五年的時間，只要你能闖出一番事業讓我認同，我就不再插手你們的事。但是——」周父豎起食指，附加了一個條件：「如果書逸在這段時間內交了女朋友或是離開你，你就得無條件放棄他，並且不能讓第三個人知道我們之間的約定，能做到嗎？」

高仕德苦笑，拆穿對方看似公平，實際上卻毫無勝算的提議：「伯父，您這是在挖坑給我跳。認同是主觀情緒，只要您說不認同，我永遠無法完成這個約定。」

中年男子冷冷一笑，並不否認：「你沒條件跟我談。」

「所以我只能答應，因為您是他的父親，沒有您的認同，書逸不會幸福。您的約定，我一定遵守，先走了。」

說完，對著周父彎腰鞠躬，然後轉過身，離開掛滿畫作的私人畫廊。

周父看著高仕德的背影，雖然欣賞這個孩子，但為了兒子的未來，他必須阻止。

＊　＊　＊

現在，周書逸家

「事情的經過就是這樣。」

高仕德坐在黑色的躺椅上，將五年之約娓娓道來。

站在客廳的周父，對著不守約定，提早跟兒子見面的男人咆哮：「都是你的錯。」

本來他都安排好，要幫兒子跟其他企業家的女兒相親，到時候就算高仕德能闖出一番事業，也為時已晚。千算萬算，怎麼也沒料到，誠逸集團要收購的華磬科技，竟然是高仕德母親創建的公司。

而他，竟成為讓兩人提早相遇的笨蛋。

「你走，不然我揍你。」

「對！你不滾出去，就揍你！」

周父指著高仕德的臉附和周書逸的話，惡狠狠地威脅，沒想到兒子卻轉過頭，用憤怒的眼神對著他說。

「要滾出去的人是你。」

「書逸……為什麼這麼說（なんでそんなこと言うの）？」

試圖摟抱孩子的動作，卻被重重推開。

周書逸紅著眼眶，逸壓抑怒氣，從沙發上站了起來，踩著樓梯往二樓走去：「你每次說『為了我好』都把我弄得很慘。十歲，你帶我去跳傘，我差點掉進山谷；十一歲，讓我去潛水學游泳，還好我沒有溺水；十二歲，說什麼男子漢要爬山，我差點死在山上；十三歲，說打球會長高，害我骨折……還要我說更多嗎？」

「可是書逸，我真的是為了你好。」

默默跟在後面的周父，委屈地看著失去笑容的孩子。

「我不用你為了我好，好與不好，我自己決定。」

眼看拗不過兒子，只好妥協，放軟口氣說：「好好好，都是爸爸不好，我要怎麼做你才不會生氣？」

在寶貝面前，他只是個疼愛孩子的傻爸爸，不是什麼企業老闆，更不是高仕德眼中，嚴厲又不苟言笑的長輩。

「你走！立刻走！」

「好吧，那爸爸走了……爸爸真的走囉，我真的要走囉。」（本当にいっちゃうよ）

周父嘆氣，收回走向周書逸的腳步，轉身離開，只不過每走一兩步，就忍不住轉頭看看，看看兒子會不會心軟然後喊他回去。

然而直到走下樓梯，站在打開大門的玄關，都聽不到喊他回去的聲音，只好默默走出兒子的住處，關上後重的大門，站在門外的小花圃旁，看著天空嘆氣。

周書逸站在二樓的窗口，看向站在客廳裡的另一個人，說：「你也走，我不想看到你。」

「書逸……」

抬頭，看著那張精緻的臉龐，壓抑怒氣說著。

「高仕德，你是不是瞧不起我，所以無論什麼事情都一個人扛？你以為自己可以解決所有的問題？還是覺得我對你的感情不夠認真，不會跟站在你身邊，和你一起面對我爸？」

「我……」

高仕德被這句質問，堵得語塞。

「你認定你的一輩子，卻沒有相信我說的永遠！高仕德，我是一直輸給你，但不表示我不夠堅強。如果你想要的感情是把對方圈養在溫室，被你無時無刻地照顧，那你就去喜歡其他人。我要的，是能愛我、相信我、與我並肩作戰，扛得起風風雨雨的伴侶。」

「……」

周書逸的話，讓從小單親，早已習慣獨自面對困難的人，愣住。

是他將對方拉入這段充滿歧視與攻訐的關係，所以覺得自己應該負責到底，就像走在前方的嚮導，斬去會割破皮膚的荊棘、排開擋在前方的障礙，哪怕傷痕累累，也要替走在後方的人闢出一塊能安心行走的道路。

卻忘了對方是個男人，還是個能力和自己不分軒輊的男人，也許最初踏上路途時慌亂得像個長在溫室的孩子，卻會隨著時間流逝趕上自己的腳步，從默默跟在身後，漸漸走到自己身旁，一起斬去荊棘搬開障礙，並肩承擔前方的風雨。

「出去。」周書逸背過身，不讓流下淚水的臉龐，被另一個人看見：「也許……我們本來就不該在一起。」

就像用清水模打造的建築，從混凝土的原料比例、震盪伴攪的的過程，到模板的澆灌，嚴謹的步驟，都是為了打造出讓人感動的作品。

愛情，也是如此。

如果沒有堅強的信任做為後盾，哪怕熱戀時多麼美好，都會被殘酷的現實擊倒，就像立在海邊的沙雕，只需拍來一道大浪，就會被弭平成一灘散沙。

站在客廳裡的人，愧疚地垂下頭，默默走出不被歡迎的空間，卻在門外的花圃旁，看見依舊站在那裡的周父。

＊　＊　＊

酒吧

「萬一以後書逸都不理我該怎麼辦？」

「他再怎麼不理你，你還是他爸，父子關係是斷不了的。」

吧檯前，被屋主轟出家門的兩名男性，同時舉起面前的酒杯，啜飲酒杯裡的威士忌。

中年男子搖晃握在指尖的玻璃杯，感慨嘆氣：「沒想到華磬科技是你家的，當初用約定騙你們分開，結果竟然是因為我才讓你們再次見面。」

「騙我？」

高仕德錯愕看著對方，難道當年這個人說書逸要跟自己分手，並不是真的？

「不行嗎（だめか）？」周父斜著眼睛瞪了旁邊的人一眼，不滿地說：「本來等著兒子畢業後跟好人家的女孩結婚，讓我可以抱抱孫子孫女，沒想到他跑來說他喜歡你這個不能生蛋的，還威脅我，不接受就斷絕父子關係。」

『你以為自己可以解決所有的問題？還是你覺得我對你的感情不夠認真，不會跟站在你身邊，和你一起面對我爸？』

『你認定你的一輩子，卻沒有相信我說的永遠！高仕德，我是一直輸給你，但不表示我不夠堅強。如果你想要的感情是把對方圈養在溫室，被你無時無刻地照顧，那你就去喜歡其他人。我要的，是能愛我、相信我、與我並肩作戰，扛得起風風雨雨的伴侶。』

周書逸剛才的話，瞬間浮上腦海……

原來，真正被「保護」的人，是他。

周父越說越火大，指著對方的鼻子怒吼：「你說，我這個做老爸的容易嗎？還以為只有女兒會像潑出去的水，哪知道兒子也是，他為什麼在乎你這個一去美國就跟美國妞在一起的混蛋？為什麼？」

「美國妞？」

「你以為書逸為什麼不要你？你這個沒良心的，一出國就像丟了，沒回來，講個電話也是拖拖拉拉，半年多都沒消息，大半夜打電話關心你，結果接電話的人是個女孩子。還跟我說什麼要去美國東岸談生意，其實根本是偷偷摸摸去找你，結果，大驚喜啊！」

周父冷冷一哼，灌了一大口酒後，指著高仕德戴在右腕的手鍊，越說越多。

「結果看見你跟一個美國妞甜甜蜜蜜在一起，還抱著個孩子，回來後就哭得半死。」

「書逸去美國找過我？」

這件事情他怎麼從沒聽周書逸說過？

難道周書逸看見的「美國妞」，是Ashly？而「抱著的孩子」，是……Oscar？

周父一把拽住高仕德的西裝領口，把他整個人拽到自己的面前，紅著眼眶，哽咽：「你不但不回覆訊息，還有臉要我兒子等你處理完家裡的事情後才去跟他解釋？」

高仕德皺起眉頭，反問：「處理完家裡的事情？」

『書逸，在電話裡不跟你說明，是因為怕在你面前會忍不住抱怨。請再等我一下，等家裡的事情告一段落後，我會回去，會當面跟你解釋。書逸……我想你……真的好想你……』

自己在美國時傳給周書逸的留言內容，這個人為什麼會知道？

難道……

周父也察覺自己說溜了嘴，立刻改變話題，生氣地說：「總之，是你背叛了我兒子！」

「我沒有背叛他。」

聽見背叛二字的嚴厲指控，高仕德立刻反駁。

難怪石哲宇跟劉秉偉第一次見到他的時候會露出不屑的表情，並且表現出來的態度都在阻止他靠近周書逸。

原來所有人都將他認定為「背叛者」，卻從沒人來親自問問，所謂的美國妞和那個孩子，究竟是怎麼回事。

他的確隱瞞了部分的事情，卻絕對不是感情的叛徒。

既然無論坦承還是隱瞞，最後的結果都只是讓自己和那個人的距離越來越遠，那麼這一次，他不再退讓。

失去的，他要親手拿回。

被逆襲的，他將再次翻盤。

讓所有人——忍受孤寂等待他的那個人——看看真正的「高仕德」，會如何贏回他在乎的東西。

於是放下酒杯，看著已有七、八分醉的長輩，起身說道：「伯父，很抱歉，這一次，我不再退讓。」

然後胸前的口袋拿出皮夾抽出紙鈔，玻璃杯壓在桌面後，走出流瀉鋼琴琴音的酒吧。

周父晃了晃腦袋，對著離去的背影大吼：「讓？讓什麼？高仕德你把話說清楚，喂！」

＊　＊　＊

『昨天你不是說要加班，怎麼沒來？整個公司就只有我跟哲宇在處理合約，害我們約會泡湯，你最好給我一個合理的解釋，喔對，還有合理的加班費。』

「抱歉，後來突然胃痛就沒出門，你把合約傳過來，我現在看。」

『傳過去了，我有補充幾個條款你再確認一次，喔對，我家寶貝昨天因為被你臨時召喚沒有睡好，禮拜一要補假。』

握著手機起身走到印表機前，抽走紙盤上才剛傳真過來的合約，然後回到放置筆電的餐桌前。

「劉秉偉！叫哲宇不要嘰嘰歪歪，加班費會給你們double，補償你們的約會損失。」

『老闆謝啦，欸，自己保重身體，有什麼事隨時call我。』

「嗯，你去忙吧！BYE。」

才剛按下結束通話的按鍵，胃部就一陣抽痛，頂著冒出冷汗的身體走到客廳，卻發現裝胃藥的罐子早就空了。

『書逸，我有話跟你說。』

放在沙發上的平板電腦突然亮起螢幕，跳出設置在門口處，防盜鏡頭的畫面，不久前才從這裡離開的人，就站在門外，對著門上的鏡頭，說。

摀著越來越痛的腹部，兩腿一軟跪坐在地板，雖然不想看見那個人，可現在唯一能幫忙的，也只有他。

「閉嘴，送我去醫院。」

虛弱的求救聲，透過平板電腦傳遞給站在外面的人，在螢幕按下解除門鎖的按鍵，而他也在說完這句話後，倒在地上陷入昏迷。

＊　＊　＊

餐酒館外

接近晚間的營業時間，忙著準備工作的裴守一才抓起兩把椅子，就有一道人影衝了過來，搶走他手上的重物拿去放在正確的位置。

餐廳員工納悶看著突然冒出的年輕人，好奇問：「一哥，你朋友喔？跑來找工作嗎？」

裴守一卻緊鎖眉頭，不耐煩地回答：「不用理他。」

視線卻不自覺地看向那忙碌的背影，想起昨天晚上發生的事……

『裴守一！』

激動的聲音，喊著他的名字。

結束營業後，拎著垃圾來到放置資源回收的地方，就看見一個人朝他站著的地方狂奔而來。

『終於找到你了，你說過不放棄就有機會，這些年來我一直在找你。好久不見，你過得好嗎？』

露出大大笑臉的人，用雙手緊緊圈住他的後背，把臉埋進他的身前，像小狗般用臉頰磨蹭他的胸膛。

『放開我。』

『先回答我的問題，你過得好嗎？』

『很好，放開。』

『不要。』

『你已經不是小孩子了，別像以前一樣。』

『我不要，你不要再躲我了，我已經找了你十二年。』

孩子氣的口氣，和十二年前一樣——

一樣，讓他厭煩。

一樣，動搖他安靜的世界。

甩開抱住自己的余真軒，把手抵著對方的左肩，將兩人之間隔出一個手臂的距離，用應對陌生人的口氣，冷著臉說。

『我沒有要你找，十二年前我選擇離開，十二年後，答案也一樣。』

『裴守一……』

皺起的五官彷彿會在下一秒哭泣，卻又立刻換上燦爛的笑臉，只因為裴守一說過，他最討厭看到的，就是別人的眼淚。

『我不會放棄。』

『——』

不想搭理聽不懂人話的瘋子，把裝著垃圾的塑膠袋放在資源回收區，沉著臉轉身離開。

『裴守一！我不會放棄的！絕對不會！』

執著的吼聲，不斷從身後傳來。

映照著燈光和夜空的河面、被油漆漆成藍色的水泥護欄，和路燈下翠綠的草地，彷彿印象派的畫作，呈現繽紛燦爛的色彩。

只有那弓著身體慢慢蹲下的人，套著毫不起眼的灰色針織外套，抱著膝蓋流著眼淚，靜靜看著離自己越來越遠的背影，咬著嘴脣，壓抑會被那個人討厭的哭泣聲……

「麻煩。」

從吧檯窗口看著那忙碌的身影，裴守一皺著眉頭，厭煩地罵了句。

＊　＊　＊

車子轉進車道，熄掉引擎停在獨棟的房子前。

高仕德打開駕駛座的車門，走下車子繞到副駕駛座的位置，拉開右側車門，看著閉熟睡的人。

悄悄解開束在胸前的安全帶，看著因為胃疼而泛白的嘴脣，著魔般緩緩靠近，就在快要吻上的前一刻，周書逸突然睜開眼睛，推開對方離開副駕駛座，摀著仍舊不舒服的腹部往屋裡走去。

「把藥給我，你可以走了。」

周書逸站在餐桌旁，轉身看向跟在後面走進屋子的人，伸出手，想拿回醫生開給他的藥。

「我留下來照顧你。」

「不用你雞婆。」

拿起之前遺落在餐桌上的手機，撥通劉秉偉的手機號碼，打算繼續處理因為身體不適而被迫中斷的工作。

「秉偉，剛才那份合約我看了，有個地方需要——」

只不過才說了兩句，就被高仕德搶走通話中的手機。

「把手機還我。」

「病人就要有病人的樣子。」

「不用你管。」

「我管定了！」

「你做什麼？」

高仕德突然一個彎腰，把周書逸抱了起來，無視抗議的聲音，抱著生病的人走上二樓，直到把他放在淺藍色的床單，看著不得不躺在床上的那張臉孔，說。

「如果那年我沒有赴你爸的約，而是去找你，你……願意跟我走嗎？」

指尖，眷戀碰觸微涼的耳垂，俯下身，在對方的耳邊問著。

「高仕德，不要把自己的感情強加在別人身上，感情不是你付出就會得到回報。還有，不是什麼事情，都有挽回的可能。」

『哲宇，不要把自己的感情強加在別人身上，感情不是你付出就會得到回報。』

曾經，這句話是他拒絕石哲宇的理由。

現在，被拒絕的人，是他。

「……」

於是閉上眼睛，用力地吸了口氣，起身離開床鋪，替對方蓋上棉被後，走下樓梯轉進廚房，撥通裴守一的手機……

『我不做醫生很多年了，問我不准。』

「最好是。」

把買來的食材攤開在流理檯上，用肩膀夾著手機，問著有醫學背景的表哥。

『你到底買了什麼？』

「山藥、蓮藕、秋葵、魚、高麗菜、蛋，如果把這些都煮成一鍋粥，養胃的效果會不會更快一點？可是……唉，他身體好了又要把我轟出門，看樣子在誤會解釋清楚前，我只能頂著看護兼廚師的名義，才能進得了書逸的家。」

『隔著電話也能放閃，高仕德你真行啊，夠可愛，有空過來，讓哥好好疼你。』

「不跟你說了，我得去煮粥。」

『OK，BYE！』

一小時候，飄著食物香味的空氣，緩緩鑽進周書逸的鼻腔。

「書逸，起來吃點東西，吃完藥後再睡……書逸，起來囉……小書僮，起床……」

呼喚名字的聲音彷彿從遙遠的地方傳來，熟悉的體溫、熟悉的聲音、熟悉的氣味，讓睡得迷糊的人，回到大學時的記憶。

『小書僮，快遲到了趕快起來。』

記憶中的聲音，少了愧疚、少了痛苦，多了他最喜歡的爽朗，還有自信。

『今天的教授是楊育騰喔，他很喜歡當人喔！』

『隨便他當啦！再睡一下。』

『快起來，我有買早餐。』

只不過聲音的主人無論過去還是現在，總喜歡在他睡得正舒服的時候，用手指在鼻子和脖子處亂摸，擾人好夢。

「再睡一下……被當沒關係……」

迷迷糊糊的人，不知道自己已被摟入懷中，於是枕著另一個人的手臂，舒服地進入夢鄉。

「你也想回到那個時候，對嗎？」

高仕德看著熟睡的人，聽著他的自言自語，也想起從前的美好。

只是……

不是什麼事情，都有挽回的可能。

過去了，就是過去；

失去了，就是失去。

尋不到，找不回；

哪怕尋回，也已不是從前的模樣。

緩緩地，將戴著手鍊的手穿過周書逸的胸前，輕輕地摟著他，摟著早已摘去定情手鍊，空蕩蕩的右手手腕。

現在，知道了原因，是否還有機會得到原諒？

等熟睡的人醒來後，無論對方想問什麼，他都會一一解釋，直到周書逸放下心結，再次接受他為止。

＊　＊　＊

餐酒館

「一哥，你朋友在跟客人打架，怎麼辦？」

男性員工慌張跑來，壓低聲音對著裴守一說。

「貝貝你先報警。」

「好。」

交代完正在負責調酒的酒保後，立刻跟著男性員工衝了出去，才跑到餐酒館外的河堤，就看見正跟兩名男客對峙的余真軒。

「你剛才說什麼？」

「我說酒很難喝。」

「嫌難喝就不要喝。」

「不喝就不喝，動什麼手啊？瘋子！」

對方仗著人多，圍住余真軒直接動手，沒想到看起來瘦弱的瘋子竟然不是好惹的貨色。余真軒趁機咬住其中一人的手臂趁對方甩開自己唉唉叫痛的時候，抬腳把兩人踹倒在柏油路面。

「來啊！」

然後衝向垃圾集中處，抓起玻璃酒瓶往旁邊的路燈狠狠一敲，握著布滿尖銳玻璃的碎酒瓶指向鬧事的客人，大聲嘶吼。

「鬧夠了沒有！」裴守一一把抓住握著碎酒瓶的那隻手，攔住失控的余真軒，對另外兩人吼著：「還不滾？想被打死嗎？」

「你他媽給我記住！呸！」

跌坐在柏油路上的兩人，惶恐地爬起來，一邊往後退，一邊對著他們口中的瘋子吐口水。

「小六你先回去顧店。」

「喔好。」

支開店員後，從余真軒手中抽走碎裂的玻璃瓶，放回回收酒瓶的塑膠箱，然後走到余真軒的面前，冷冷地看著他。

後者撇開臉，迴避裴守一的眼神，他知道自己又做錯事，讓那個人不高興了，於是背過身，紅著眼眶想要離開，卻突然被拽住左手，被裴守一架上肩膀扛回酒館外的露天用餐區。

用餐區內，被裴守一放到地上的余真軒，余真軒看著從廚房拎來醫藥箱，拿出紗布和碘酒人，慌亂地替自己辯解：「我不是故意要打架，是他們說你壞話，他們說這家店的酒很難喝。」

「嘴巴長在別人的臉上，你管他們說什麼，都三十多歲了，還以為自己是高中生嗎？」

諷刺的話，卻被認真反駁。

余真軒直勾勾地看著替自己擦藥的人，說：「沒有人可以說你的壞話。」

「余真軒，你要到什麼時候才能擺脫對我的雛鳥情節？」

「我……我不是鳥……」

「你是，否則你高中的時候就不會一天到晚去保健室找我。」裴守一轉動捏在指尖的棉花棒，嘆氣：「早知到會變成今天這樣，當初遇見你的時候就不該多管閒事。」

「……」

余真軒鼻腔一酸，淚水在眼眶裡打轉。

為什麼要把他心中最美好的畫面，說得這麼不堪？

裴守一，我在你眼中，是不是就只是個甩不掉的麻煩？

還是因為纏著你的人，不是他？

「高仕德……」

夾雜羨慕和嫉妒的三個字，從余真軒的口中說出。

「你怎麼知道仕德？」

「如果是他，你就不會覺得麻煩了對不對？」

下午的時候，他聽見裴守一和那個人的對話……

『隔著電話也能放閃，高仕德你真行啊，夠可愛，有空過來，讓哥好好疼你。』

看著鮮少露出笑容的裴守一，對著手機那頭的人微笑。

好想衝上去追問，問問對方和執行長之間究竟是什麼關係？

卻因為害怕裴守一說出的答案，選擇默默退去，退出不屬於他的笑容……退出，不屬於他的喜歡。

「你喜歡高仕德，你喜歡他。因為你喜歡他，所以無論我做什麼，你都不會喜歡我對不對？」

微笑著，流下難過的淚水。

突然好羨慕那個媽寶，竟擁有了他最渴望擁有的東西。

「你知道什麼是喜歡？」

「我知道，因為從十二年前，你撿到我的那一刻起，我就喜歡上你了……裴守一，我喜歡你。」

於是，伸手勾下男人的臉，主動吻上他的嘴脣。

彷彿要將十二年來的思念，和當時不明白也來不及說出口的情感，透過這個吻傳達真正的心意。

「……」

裴守一沒有拒絕，靜靜等待另一個人結束淡淡的吻。

那一瞬間沒選擇推開、怕再次見到受傷的眼神；並不想解釋，是怕自己的話語太過嚴厲，突然間亂了心思，於是假裝無視於這樣的親吻，只是默默握住被客人揍得流血的那隻手，轉開碘酒的瓶蓋，把茶色的藥水滴在棉花棒上，塗抹在手背上的傷口。

第四章　那個幸運，最後會是誰的？

四年前，美國，德克薩斯州

東岸宜人的陽光，靜靜灑落在午後的庭院。

高仕德站在門外的走廊，看著聊天室裡已讀不回的訊息，點開Abruti87887278@gmail.com的專屬信箱，看著另一個人傳給他的每一封信，和自己傳出後，卻石沉大海的信件，嘆氣。

「說好兩個月就回去，卻搞到兩年了還在這裡，書逸，你願意聽我解釋嗎？」

本以為離開臺灣是去參加母親和叔叔的婚禮，不過兩個月的時間就能回去，誰曾想母親竟在飛機即將落地時說她看不清楚眼前的東西，接著出現嘔吐和暈眩的症狀，在機場醫護人員的協助下緊急送至當地的醫院。

經診斷後得知，原來老媽已經懷孕三個月，並且出現妊娠高血壓併發子癲前症，不得不把既定的婚禮往後延期，讓她在叔叔家安心養胎。

分娩時甚至差點因為胎盤剝離導致大量出血，失去腹中的孩子，所幸醫生搶救得宜，弟弟雖然比預產期提早兩週出生，卻是個健康的寶寶，可是老媽也因為這樣身體十分虛弱，公司的事情只能由他一肩扛下。

於是白天在公司處理事情，晚上回家後還要幫著照顧年幼的弟弟，整整半年多都處於睡眠不足的狀態，經常一坐在客廳的沙發就直接睡著，好幾次都是Ashely幫他接通來自公司的緊急電話，然後搖醒他起來處理。

直到弟弟滿週歲後，兩頭燒的的情況才有了喘息的空間，只是那個專屬信箱一直沒收到任何回覆，就連通訊軟體的聊天室，也空盪盪地保持已讀不回的狀態。

滑動螢幕的手指，靜止在其中一封Email的附件，隨信附上的是繼父在院子裡種植的鳶尾花。

相傳法蘭西王國的第一任國王在接受上帝洗禮時，上帝將這種花贈予國王，於是從此以後，代表光明和自由的紫色小花就成了法國的國花。

而在花語中，鳶尾花象徵著長久的思念，所以拍下院子裡的鳶尾花，漂洋過海，傳送給遠在一萬兩千三百四十八公里之外的戀人，告訴他，自己很想念他。

看著手機螢幕上的照片露出淡淡的笑容，轉身走進屋內收拾行李訂了張飛往臺灣的單程票。

「媽，我走了。」

拉著行李箱走到門口，對著從屋裡走出來，雖然仍有些虛弱，但身體已經康復不少的母親，道別。

「東西都帶了嗎？」

高母穿著寬鬆的居家服，少了職場上的精明幹練，多了再次為人母親的柔和，好幾次，就連高仕德都忍不住看呆了眼，原來被幸福寵愛的女人，是這麼美麗。

「有，都帶了。」

「這次回去後你跟小逸好好講一下，還是媽幫你解釋？就說我也不知道自己懷孕還差點流產，讓你們嚇得要命，公司也一團亂，你也是因為要照顧我和公司所以才無法抽身回去，所以——」

高仕德笑了笑，打斷老媽的話：「好了，媽，發生這麼多事情也不是你的錯，反而是妳要好好照顧自己的身體，妊娠高血壓那麼嚴重，現在都還沒有完全康復，我走了後妳要一個人照顧 Oscar 會很辛苦。」

高母看著臉色憔悴的孩子，用手撫摸他的臉龐，心疼地說：「你這孩子就是貼心，現在 Brandon 跟 Ashely 也可以幫我，我們不能再拖累你了。」

「你們從來沒有拖累我。」高仕德搖了搖頭，阻止還想跟著他走到外面的老媽：「媽，你就別送我了，快進去吧！」

「好啦，有什麼事情就跟我們說，媽一定幫你，路上小心，飛機落地後記得傳個訊息給我。」

「好。」

拉著行李離開被陽光灑落的洋房，和洋房前的綠色草地，抬頭看著蔚藍的天空，坐上計程車前往機場。

飛機上，在機長告知飛機即將起飛，請乘客關閉手機或將手機調整成飛航模式的廣播後，傳出也許再次被已讀不回的訊息……

『書逸，我即將搭第一班的飛機回去，明天上午抵達，至少……見個面好嗎？』

然後開啟飛行模式，展開十三個小時的旅程。

卻想不到，落地後手機接通的，是改變一切的電話……

＊　＊　＊

昨天因為胃痛被緊急送去醫院的人，緩緩睜開眼皮，在晨光灑落的床上醒來。

翻身轉向睡在身後的高仕德，後者也因為感受到些微的動靜，睜開眼睛看著對方。

周書逸凝視著躺在同一張床上的人，回想起昨晚迷迷糊糊間夢到的過去，想起 Edmund O'Neil 的那首詩——愛如清晨的陽光。

times when peace and happiness seemed more
like intruders in my life than
the familiar companions they are today;
times when we struggled to know each other,
but always smoothing out those rough spots
until we came to share ourselves completely.

那時，平靜和幸福才剛進入我們的生活，
而我們，都還沒有習慣。
那時，我們努力瞭解對方，撫平生活中一個又一個坎坷的痕跡。
直到，我們心意相通。

We can never rid our lives entirely of sadness and difficult times
but wecan understand them together, and grow
stronger as individuals and as a loving couple.
If I don't tell you as often as I'd like,
it's because I could never tell you enough —
that I'm grateful for you
sharing your life with mine,
and that my love for you will live forever.

生活中的悲傷與艱辛，誰也無法逃避。
然而我們可以一起經歷，努力成長成兩個堅強的人，
兩個，堅強並相愛的伴侶。
如果我不再像從前那麼頻繁地告訴你，是因為不知該如何用言語表達——
不知該如何告訴你，我多麼感激你，這輩子與我共度。

我，愛你。

我，將永遠愛你。

「對不起，不相信你說的永遠……我花了十年的時間來確定自己的一輩子，你卻一下子就說出『我喜歡你』，我以為，你只是因為那時候的氣氛才回應了我的感情。」

高仕德深深吸了口氣，看著另一個人的眼眸，努力用平靜的聲音，說出他想了一整夜的話。

「那年回來，接到你爸的電話，見面後他說了很多，很多我曾經想過，你會離開我的理由。加上你的手機在他那裡，所以我想，曾經暗戀蔣聿欣的你，終究還是選擇了女孩，選擇了，比我更適合站在你身邊的對象。

我們之間也將和從前一樣，只是兩條不會交集平行線。擁有的美好，終究只是一時衝動，而不是永遠。」

「……」

周書逸紅著眼眶，滾動著吞嚥淚水的喉結，靜靜聽著。

「但我真的不甘心，你爸說得沒錯，我很自卑，怕你離開我，也怕我拖累你，所以接受了他的條件，想用五年的時間證明，證明我有資格站在你身邊，證明，我才是最適合你的人……對不起，真的……對不起……」

說話的聲音，漸漸變得哽咽。

周書逸緩緩起身，坐在高仕德的身旁，把他的臉扳向自己，生氣地用手拍打男人的額頭，眼神堅定地說：「適不適合，由我決定。其他人，無論是你還是我爸，都沒資格幫我決定。」

他想要的，自始至終只是這個人對自己的坦白和真心相待。

愛情，既然是兩個人彼此相愛；那麼在這條道路上遇到的困難和阻礙，也該一同承擔。

二十二歲的他，太過青澀，讓不安在心中伸根，造成誤會的結果。

二十七歲的他，已然成熟，能輕易看出事實與謊言的區別。

既然得到他想要的坦白，何必繼續僵持下去，傷了對方，更傷了自己？

他是商人，不做傷人七分損己三分的買賣，懂得停損，懂得釋懷，才能擁抱真正想要的幸福。

然後起身下床，走到衣架前拿出被他塞在櫃子深處的灰白色的絨布盒，接著走回床邊，坐在高仕德的身旁，把盒子抵在他的嘴唇，阻止那張不斷道歉的嘴巴，說。

「高仕德，我再給你一次機會，回答我，你說的那個幸運，是不是還是我的？」

「……」

男人顫抖著指尖，緩緩打開盒子。

盒子裡，裝著曾經被他親手送出的手鍊，那只代表愛情的皮製手鍊。

從兩人再次相遇起，他就已經察覺，周書逸的右手手腕，沒有戴著那條手鍊。

還以為就像被決然放棄的感情一樣，手鍊已被它的主人扔到不知名的地方。

沒想到卻被藏在櫃子深處，不僅沒有沾到灰塵，開啟處的邊緣甚至有著磨損的痕跡，可見無論它的主人再怎麼生氣，都捨不得將它丟棄，甚至時常打開盒子看看它是否還在裡面。

『你說的幸運，還是我的嗎？』

『那天在保健中心，我說被你喜歡是那個人的幸運。後來你以為我睡著，在我耳邊說，其實那個幸運一直都屬於我。』

『你說……你不會喜歡我……』

『你以為我喜歡這樣嗎？』

『因為是你，害我不喜歡……也得喜歡了……』

曾經，他站在西門町的天橋上，逼問彼此心中的答案。

如今，他們在兜兜轉轉後，又一次在愛情的國度相遇。

『以後都不准拿下來。』

『連洗澡也不行？』

『好吧，洗澡例外，但以後只能戴我送的，別人送的都不行。』

『為什麼（どうして）？』

『因為你的過去，我來不及參與。但是，你的未來，只能有我（未来は僕だけ）。』

「……」

高仕德看著那條手鍊，流淌激動的淚水，拉開皮繩兩端的磁扣，一圈、一圈、一圈地，圈在周書逸的右手。然後用戴著相同鍊子的右手握起另一個人的右手，深情親吻他的指尖。

「那份幸運，一直、一直、一直，都是你的。」

周書逸彎起嘴角，紅著眼眶露出微笑，然後把臉貼向對方，在男人的額頭印上原諒與深情的吻。

「書逸，謝謝你……謝謝你……」

伸手，將失而復得的情人重新摟入懷中，感受一度失去的心跳，再次在胸口重新跳動。

「書逸，我在美國的時候——」

『書逸去美國的時候看見你跟一個美國妞甜甜蜜蜜在一起，還有了個孩子，回來後就哭得半死。』

周父說過的話，突然掠過高仕德的腦海，本想解釋一切誤解的源頭，卻被周書逸用手指抵住他的嘴，俏皮地眨了眨眼睛，撒嬌地說。

「我現在不想聽你說話，只想……」

重新戴上定情信物的右手，壞壞地探向高仕德的腿間，扔出挑釁的白手套，對另一個男人宣戰。

「想辦法補償我，否則，絕不原諒。」

「你會後悔。」

說話的嗓音透著被撩起慾望的低音，和按捺衝動的壓抑。

「因為是你，我不後悔。」

「……」

高仕德看著說出這句話的人，愣了愣，吻上說出情話的唇瓣，把情人重新撲倒在柔軟的床上，用身體補償五年間的空白。

＊　＊　＊

華磬科技公司

會議室內，高仕德站在周書逸的身旁，講解關於Alpha的細節，劉秉偉和石哲宇也雙雙走了進去，把咖啡遞給正在討論的兩人。

這一幕，不意外地被站在外面的員工們捕捉。

小陸忍不住噙著哭音，委屈巴巴地看著會議室裡的長官們：「他們該不會在討論裁員的事情吧？」

「肯定是。」

一貫穿著俐落套裝綁著馬尾的大林，點點頭表示贊同。

理著平頭的大山再次哭喪著臉，對著兩名同事哀號：「難道華磬就要這樣被併購了嗎？我們辛辛苦苦研發出的程式就要這樣拱手讓人，執行長就不會不甘心嗎？」

直到午休時間，和誠逸集團的代表們討論了一上午的高仕德，離開會議室走到余真軒的辦公室，勾著他的肩膀。

「告訴你一個好消息，公司不裁員。」

「是嗎？」

「我和周副總精算過了，目前的研發進度都按照計畫進行，因此提高了公司整體價值，老實跟你說，裁員的事是周副總說出來嚇人的。」

余真軒抬起頭，看著自家的執行長：「所以你們只是增加大家的壓力，好逼出進度？」

「還有測試員工的能力，當然還有幾位需要談談，雖然都在進度上，但是離公司未來的目標仍有一大段距離，所以在這個非常時期，每個人都要更——」

然而身為科技長的人卻打斷高仕德的話，問起關於裴守一的事情。

「你認識裴守一？你們是什麼關係？怎麼認識？在哪邊認識？他有沒有跟你提過我？」

一連串的問題朝著對方進行轟炸，然而高仕德卻只開口說了句。

「想知道就自己問他，他想說，自然會跟你說。」

「裴守一知道你跟傲嬌副總的關係嗎？」

如果裴守一也喜歡高仕德，那他會選擇祝福。

可是執行長明明就跟那個傲嬌副總在一起，這樣豈不是在欺騙裴守一的感情？讓他什麼都不知道地被蒙在鼓裡？

這樣很不好，很很很，很不好。

如果裴守一知道了，他的心會很痛，非常非常痛。

因為暗戀的角色他扮演了十二年，不希望自己受過的痛苦，也在裴守一的身上重演。他受到怎樣的傷害都沒有關係，但不允許任何人，傷害裴守一。

高仕德看懂余真軒眼底的怒氣，只是關於表哥的事情，當事人如果不說，他這個旁觀者也沒資格幫忙解釋，於是阻止對方的追問，難得嚴肅地說。

「真軒，你是公司非常看重的人才，我很尊敬你，但不代表你可以干涉我的私事，別忘了，我還是執行長，你的老闆。」

說完，把綠色資料夾拍在余真軒的胸前。

「記得要看。」

然後轉身走向門口，離開技長的辦公室。

「媽、寶！」

余真軒瞪著對方的背影，忿忿不平地罵著。

＊　＊　＊

餐酒館

「所以你跟余真軒，從他高中的時候就認識了？」

高仕德把玩著某人從大學保健室裡帶走，放在店內當鎮店之寶的頭顱標本，問。

「嗯。」

忙著在清洗玻璃杯的人，回應了聲，高仕德放下頭顱標本拿起面前的酒，卻被老闆阻止。

「那是周書逸的。」

「我的呢？」

裴守一斜眼看著自己的表弟，不爽地說：「如果不是你，那小子不會找到我。」

「什麼意思？」

「他跟蹤你，才找到我。」

「余真軒跟蹤我？」

「嗯，他以為你跟周書逸私底下有什麼不利於公司的交易，所以跟在你附近暗中盯著你，沒想到……」裴守一勾起表弟的下巴，翻了個白眼，罵道：「你有夠蠢，被跟蹤了都不知道。」

「怪不得他看我的眼神，就像看見跟老公外遇的小三。」

在面對周書逸以外的人，他從來不是好惹的貨色，尖酸刻薄起來，完全不輸不懂人類情感，有情感障礙症的裴守一。

被反嗆的餐酒館老闆斜了眼牙尖嘴利的表弟，收回勾在對方下巴的手指，繼續準備要端給客人的下酒菜。

「欸，余真軒是不是……怪怪的？」

工作時還沒什麼感覺，畢竟余真軒在程式設計的領域是個天才，就算邏輯、說話方式或者行為舉止與普通人略有不同，但基於對員工隱私權的尊重，他從不過問余真軒個人的情況。

不過只要涉及「裴守一」的事情，余真軒的反應就像變成另一個人，焦慮、不安、激動，甚至有暴力傾向的衝動。

「雛鳥情節、偏執症、亞斯伯格症、輕度抑鬱加自殘傾向，你想先聽哪一個？」裴守一每說出一種症狀，額間的皺摺就多出一道。

「算了，不過你也真了解他。」

「那是因為他高三的時候，我盯了他一年。」

「所以你辭掉高中校醫的工作，就是因為──」

「來！請你的！」

以威士忌為基底，加上君度橙酒和檸檬汁，被取名為「沉默的第三者」的調酒，被裴守一放上吧檯。

後者看著每當這個人不想繼續話題時，就會拿來封自己嘴巴的調酒，笑了笑，閉上嘴巴端起酒杯，走向旁邊的露天用餐區。

「你跟高仕德和好了？」

露天用餐區內，石哲宇看著大學死黨兼現任老闆，問。

「這麼容易就原諒他？你也太好說話了吧！難道你忘了他當初怎麼對你的？這幾年要不是我跟秉偉陪著你，你能熬過來嗎？你的復仇計畫呢？不繼續了？」

劉秉偉在桌子底下，偷偷拽了拽情人的褲管，一貫打圓場地勸著：「既然書逸都決定了我們就支持他吧，與其互相糾結不如坦誠相待，過去的事情就讓它過去吧，這樣也比較大氣。」

「你的意思是我不夠大氣？小心眼？」

石哲宇抓住對方的話柄，窮追猛打。

「不是啦，感情這種事情要看當事人怎麼決定，你就別計較了。」

「所以在你看來，我很愛計較囉？」

「咳咳，你的酒沒了，我去幫你拿一杯。」

辯不過喜歡的人，屢敗下風的法務只好慌張起身，離開煙硝味四起的戰場。

等到劉秉偉走遠後，周書逸忍不住對著大學死黨搖頭：「你別老是虐待他，再這樣下去，哪天他要是放棄你，你後悔都來不及。」

石哲宇卻挑高眉毛，說：「聽過驢子跟紅蘿蔔理論嗎？只要把紅蘿蔔掛在驢子的面前，驢子就會一直往前跑。」

太簡單到手的東西，就不懂得珍惜。

所以他要一直霸占優勢的地位，讓那隻笨驢不斷追著自己跑。

「所以你是驢子？」

「我是紅蘿蔔，知道（分かる）嗎？很多人只懂得征服卻不懂得珍惜。」

「別一竿子打翻一船人。」

高仕德打斷石哲宇的言論，拿著兩杯酒走來，把其中一杯遞給周書逸，在他左邊坐下，從盤子裡拿起招牌的炸雞塊，微笑看著自己的戀人。

「這個很好吃，要吃嗎？」

「要。」

「小心，燙。」

拿起雞塊小心翼翼餵進情人的嘴裡，恩愛放閃的畫面讓石哲宇做出嘔吐的表情，大聲抗議。

席間，劉秉偉趁著石哲宇跟周書逸聊起大學時的趣事，把高仕德帶到餐酒館的另一邊，好心勸道。

「既然重修舊好就別再隨便消失，你不知道，書逸那段時間有多難過。」

「什麼意思？」

這些天來他反覆思考，周父的阻止恐怕只是其中一個原因，卻不是最主要的那個。所以他也想問問這個共同好友，分開的那幾年，周書逸身上究竟發生了什麼？

劉秉偉把手支在觀景檯的扶手，望著河流對岸的街燈，嘆氣：「你去美國後，跟書逸聯絡的時候都心不在焉，有一天他打電話給你，卻是個女生在接電話。這就算了，他決定飛去找你，竟看見你跟一個美國妞在一起，兩個人還抱著個孩子。」

高仕德皺著眉頭，問：「又是美國妞？你們說的美國妞到底是誰？」

劉秉偉斜了對方一眼，諷刺：「人是你摟著孩子你生的，我怎麼知道。」

「我什麼時候摟過美國妞？也沒生過孩子。」

「我才懶得管你有沒有，反正都和解了，就別再傷他的心。書逸在那段時間，過得真的很慘……」

劉秉偉繼續說著……

原來周書逸從美國回來之後，就每天每天地跑酒吧喝酒，周父也從周書逸的手機知道兒子跟高仕德的關係，並和兒子爭吵……

『你最好什麼都知道，你什麼時候關心過我？』

『在我心中，你永遠都是個孩子。』

『你什麼都不知道。』

『我都知道了！』

父子兩人越演越烈的爭吵，就連站在一旁的保鑣都被驚動，露出訝異的表情阻止高舉手臂想要教訓周書逸的周父。

『說！你喜歡的人到底是……算了，你給我搬離這裡，不准再跟那個人見面！立刻！馬上！』

『可以，不過我要一個人住。』

『不行，我絕不允許！』

『我說，我要──一、個、人、住！』

所以，周書逸的手機被沒收了。

所以，從原本的高樓公寓，搬到現在的住處。

『書逸已經決定跟你分手了，以後不要再來找他。』

『不可能……書逸不會這樣，一定有什麼誤會，讓我跟他見面。』

『如果不是決定分手，他怎麼會把手機交給我？放棄吧，年輕人的戀愛遊戲就到此為止，去找個女孩過正常的生活吧！』

原來，在愛情的世界裡，陷得越深，就越愚蠢。

竟輕易相信了為了拆散他們而捏造的謊言，愚蠢到，懷疑書逸對自己的愛……

「該死！」

高仕德握著拳頭敲在扶手，咒罵自己。

「怎麼？」

「沒事，後來呢？」

「後來誠逸集團內部鬧股權糾紛，書逸他們家親戚鬧得你死我活，為了挽救局面他絕口不提你的事情，就是要幫他爸穩固公司。雖然表面上他跟你的事情已經過去，可是他心中一直有你，不然為什麼要堅持一個人住，還努力讓自己成長，學會洗碗、學會不挑食、學會以前從來不用學的東西。

他準備的一切，都是為了等你回來後跟你一起生活，不再依賴你，甚至能成為你的倚靠。」

劉秉偉停頓了會兒，看著大學時曾經互看不爽的傢伙，認真地說。

「仕德，書逸他真的很在乎你，我敢說，你再也找不到像他這麼愛你的人。」

曾經，跟石哲宇去酒吧接人的時候，看著握著手機哭泣的周書逸。

從沒看過那個驕傲的人這麼失魂落魄，竟在酒吧裡，在不認識的陌生人面前，哭泣。

「……」

高仕德看著劉秉偉，沉默。

那時候的他，因為母親和公司的事情忙得沒日沒夜，連接收手機訊息或Email的時候究竟是清醒還是精神狀態不佳，連他自己也不知道。

只怪自己，忽略的周書逸的感受。

忘了對方並不是需要呵護的溫室花朵，而是可以並肩作戰的盟友。

只怪自己，太過好強。

忘了愛情不該獨自扛起歧視和攻訐，因為有一個人會走到自己身旁，一起斬去荊棘搬開障礙，共同承擔前方的風雨。

還好，一切終於挽回。

挽回一度失去，最重要的情人；挽回，屬於他們的幸福。

＊　＊　＊

西門町

結束聚會後，不想那麼早回去的兩人，放棄計程車的便利，而是搭乘捷運，回到繁華的臺北街頭。走出從捷運西門站後，不知不覺間，來到熟悉的天橋。

周書逸看著天橋下依舊繁忙的臺北街頭，問：「還記得這裡嗎？」

「當然記得，有個笨蛋在這裡大喊——」

「閉嘴。」

害羞地拉扯高仕德的袖子，阻止對方說出讓自己害羞的話。

高仕德拉住直直往前走去的周書逸，問：「你不問我為什麼突然失去聯絡？還有那個連我都不知道從哪冒出來的美國妞。」

為什麼不問他？

為什麼可以這麼輕易地原諒？

明明有資格開口質問，為何……

周書逸笑了笑，回答：「明明知道被我爸挖坑還笨到往裡面跳，寧願被我誤會也不解釋，為了我笨成這樣的傢伙，還能懷疑他什麼？笨蛋！」

「誰是笨蛋。」

「你啊！」

不服氣地看了對方一眼，然後抓著欄杆對著天橋下的車道大吼：「是誰在這裡大喊過……我！周書逸，喜歡高仕德！最最最最喜歡（だいだいだい大好き）！在這個世界（世界）上，我最喜歡的人（一番で大好き）就是他！」

「高仕德！」

「我在這！你要不要現場表白？」

「笨蛋。」

「那喜歡笨蛋的人，是不是笨蛋？」

「你真的很煩，我要走了。」

「周書逸，喜歡高仕德！最最最最喜歡（だいだいだい大好き）！」

「快走啦，別人都在看了。」

臉頰紅透的人，拽著另一個人的袖子，打打鬧鬧地走下充滿回憶的天橋，回到屬於他們的「家」。

愛情果然能讓人變笨變傻，兩人份的自以為是，造成了五年的遺憾。

既然再次尋回屬於彼此的幸運，那麼這一次，只需用心體會對方的愛，至於誤會什麼的，無須浪費口舌說明。

除了相愛，其他的，都不重要。

＊　＊　＊

餐酒館外

「一哥，我們先走囉！」

「嗯，明天見。」

送走餐廳員工，終於得空坐下來，看著夜晚的河岸和對面的街燈，卻看見余真軒拎著一袋東西，開心地朝自己走來。

「你怎麼在這？」

「來找你。」

「不准找高仕德的麻煩。」

「媽寶跟你告狀了？」

裴守一對著走向自己的人，冷漠地說：「沒有，只是以防萬一。還有，明天別再過來，這裡不歡迎你。」

「為什麼？」

余真軒在聽見這句話後，停下原本開心的腳步，不明白為什麼昨天還可以來的地方，明天就不被允許。

「當年我離職就是不想再看到你，因為你讓我覺得——」裴守一把視線從對方身上移開，擰著眉心，說：「很煩！」

「我可以離你遠遠的，不吵你。」

試圖提出還能留在這個人身邊的方法，卻看見對方從胸前的口袋拿出一張名片，說。

「這是我朋友開的心理諮詢診所，你去找他。」

「我沒病！」余真軒大吼。

「沒病？這麼多年都在找我，找到後又會像當年一樣怎麼甩都甩不掉，這叫沒病？還是接下來你打算用什麼方法讓我心軟？以前是高中生，我可以當你是小鬼，二十九歲還這樣，你就是瘋子。」

「我不是瘋子！我不是！」

垂在身側的雙手用力握緊，卻仍記得裴守一告誡過他「不可以亂發脾氣」的話，沒有像十二年前那樣，把無法控制的情緒發洩在別人或自己身上。

他記得，他都記得。

不可以打人！

不可以罵髒話！

不可以亂發脾氣！

不可以傷害自己！

他記得的，他全都記得。

可是為什麼？

為什麼都乖乖遵守了，這個人還說他是瘋子？

還是和十二年前一樣，要拋棄他？

「……」

心臟的位置，被狠狠揪痛。

情感障礙症的他，不該有這樣的情緒，更不該理解對方眼中的痛苦與期待。

余真軒有病，而他，也是。

他們不是缺角的圓遇上失落的一角，而是兩個殘破不堪的圓，註定只能孤獨地在原地滾動。

「我不是瘋子……」

在身側握起的拳頭緩緩鬆開手指，頹喪的語氣，最後又最後地替自己辯駁。

「那就別再讓我看到你。」

沒有情緒波動的臉孔在說完這句話後，轉身走上樓梯。

＊　＊　＊

華磬科技公司

高仕德把身體靠上椅背，看著辦公室的另一個人。

午後的陽光透過玻璃窗投射在室內，看著重新戴在右手手腕的定情的手鍊，和情人俊美的臉龐，看得失神。

「被我帥傻囉？」

察覺到對方的視線，周書逸放下手中的平板電腦，抬頭看向坐在桌子後方的人，微笑。

「對啊！」

「我是開玩笑的。」

「我是認真的。」

過於真摯的答案反而讓最先挑起話題的，害羞地轉移話題。

「你在做什麼？」

「回覆廠商的 mail。」

「噗哧。」

「笑什麼？」

「沒什麼，只是想到以前要你去美國後要每天要寫一封信給我，有點中二，還好你沒寫。」

高仕德訝異看著對方，認真地說：「我都有寫。」

「怎麼可能？可是我沒收到。」周書逸遞出手上的平板電腦，顯示 Email 收件夾裡的所有信件：「你看。」

「可是我都有寄出。」

急忙點開電腦，進入各自的信箱。

「怎麼可能？」

周書逸也覺得奇怪，於是繞過辦公桌站在高仕德的背後，一起看著電腦螢幕的顯示。

「全部都發出去了。」

「真的耶！」

周書逸看著空空如也的收件匣，看著高仕德，接著異口同聲地說。

「你爸！」

「我爸？」

一切，真相大白。

原來某位長輩插手的不只五年之約和手機，就連兩人往來的信件也被攔截。

「我一個月內都不跟他吃飯。」

周書逸氣呼呼地說，卻被不想再得罪某位長輩的人苦笑阻止。

「別這樣，你如果真的不理你爸的話，他又要更討厭我了。」

「那……」仍不甘心的人俏皮地眨眨眼睛，說：「我偷偷幫你整我爸。」

「嗯，這個主意不錯。」

「哈啾！」

遠處，正在跟公司高層開會的某位董事長，當著員工的面用力地打了個噴嚏。

周父納悶地摸了摸自己的鼻子，有種不好的預感。

＊　＊　＊

深夜，漆黑的辦公室內，一臺電腦的螢幕突然亮起。

螢幕上出現數個視窗，游標也在無人控制的情況下在螢幕上游走，然後點選其中的某個資料夾，竊取儲存在電腦裡的資料。

隔天早上，員工們紛紛打卡走進公司，卻在開啟各自的電腦後，發現異樣。

小陸瞪著電腦螢幕，問著坐在旁邊的前輩：「大林姊，妳的系統能登入嗎？」

「不行，山治，你呢？」

大林搖了搖頭，轉頭詢問坐在後面的另一位工程師。

「也不行，我怎麼按都一直登出。」山治抬頭看向余真軒的辦公室，扯著嗓子問：「技術長，你那邊呢？」

卻看見蹲在椅子上的技術長用雙手比了個叉，表示他那邊也出現同樣的問題。

慌亂的情緒，在辦公室裡迅速蔓延，大約二十分鐘後，高仕德才走到員工面前，對所有人解釋目前的情況。

「昨天晚上伺服器有異常紀錄，有人駭進公司電腦偷走Alpha。」

周書逸也接著說明：「我已經報請警方處理，應該很快就可以找到ＩＰ位置，為了避免不必要的麻煩，請大家不要洩漏消息，等會兒會發一份保密協定，請大家簽名。」

又過了一會兒後，高仕德接起手機，和電話另一頭的電信警察對話：

「喂？我是，查到了？所以……」

訝異的眼神緩緩投向站在玻璃隔間門口，等著聽見最新消息的余真軒，後者以為高仕德在看別人，也跟著轉過頭，看向背後的牆壁，在發現自己後面根本沒有其他人後，才又把臉轉了回來。

卻發現無論高仕德、周書逸、誠逸集團的法務跟特助，就連華磬科技的所有員工，都用不敢相信的眼神，看著自己……

第五章　最後願意讓誰留在身邊

十二年前

『幹！別跑！』

『媽的！有種就別跑！』

穿著藍色制服黑色T恤的學生，撒開腳步在巷子裡狂奔，後面還有兩名兩名黑衣人追在他後面狂飆髒話。

磅！

男孩臉上露著恐懼，一邊跑一邊回頭看看自己跟後面的流氓還有多少距離，卻沒注意前方的狀況，一個沒注意，直接撞上從巷子裡走出來的人。

慌亂地抬起頭，喘氣看著被自己撞到胸口的男人，右臉上的傷口還在不斷流血，從後方逐漸逼近的咆哮，讓他沒有猶豫的時間，於是繞過眼前的陌生人鑽進窄巷繼續逃跑。

裴守一看著遠去的背影，撿起被男孩撞得掉落在地上的黑色提袋，剛直起身，追趕男孩的兩名黑衣人就停下腳步站在他的面前，惡狠狠地問。

『喂！有沒有看到一個穿制服的小鬼？』

裴守一懶得搭理對方，只是把臉往相反的方向看去，抬起下巴示意。

『操！』

兩人罵了句粗話後，轉身往錯誤的方向追去。

巷子裡，男孩躲在轉角處偷看，見流氓遠去後才終於放下心來，背部貼靠著斑剝的牆壁緩緩滑下，曲著膝蓋蹲在水泥的人孔蓋上。

突然，一件外套蓋在他的身上。

警戒地起身回頭，像隻受驚嚇後對所有人露出牙齒發出低吼的流浪狗，往後退了兩步，對著剛才被自己撞到的陌生人大吼。

『走開！』

裴守一撿起因為男孩突然起身的動作而落到地上的外套，揪住襯衫的左胸口處，確認用藍色繡線繡著的高中校名正是自己工作的學校，皺起眉頭，抓住男孩的左手，想把他帶離並不安全的地方。

然而男孩卻誤解了裴守一的意思，以為這個人要把他交給追打他的流氓，或是送去警察局，通知家人將他領回。

不！

不行！

不能再給奶奶添麻煩，不想再看見奶奶去警局帶他回家時，流著眼淚跟他道歉的臉龐。

於是用力掙脫扣在手腕的箝制，可惜對方是個成年人，力氣比他大，只好張開嘴，用銳利的牙齒狠狠咬在對方的右手手臂。

『啊！』

裴守一沒料到會是這種狀況，痛得叫出聲音，身體的第一個反應就是把對方揍倒在地上，卻在看見那雙夾雜恐懼和戒備的眼神後，放下已經舉起的左手，冷靜地看著男孩。

直到男孩確定自己不會傷害他，緩緩鬆開咬在手臂上的牙齒後，才把渾身是傷的孩子帶回學校。

回憶，就像收藏書架上的老式照片，邊緣雖已泛黃，留在上面的畫面卻總在翻開相簿時，讓人覺得嶄新如昔……

「裴守一，那時候你應該很痛吧！」

余真軒坐在警局的長椅，身上仍是那套萬年不變的灰色針織外套，左手被手銬銬在不鏽鋼的扶手上，抱著膝蓋回想自己和那個人初次相遇的畫面。

那時候，他惹怒流氓被人追趕，如果不是被裴守一救下，恐怕早被打死在那個巷子，根本不可能活到現在。

卻也從被裴守一撿起來的那一秒開始，眼睛就只看得見他，原本自己的世界裡只有疼愛他的奶奶，沒想到又闖進了一個人，一個不會罵他智障、不會嫌棄他笨拙的言語，還會耐著性子教他功課，教他怎麼控制情緒的人。

從此，他的世界多了美麗的色彩；而他，也像繞著地球公轉的月亮，不受控制地繞著那個人運轉。

「劉律師，余真軒目前只是嫌疑人，你們可以走了，不過資訊犯罪的部分還需要你們協助調查，這裡有幾份文件麻煩您簽名。」

「沒問題。」

警局另一邊，年輕員警正在跟余真軒的律師解釋案件的情況，劉秉偉剛從左胸口的口袋掏出鋼筆要在文件上簽名，長椅所在的角落就發出金屬碰撞的聲音。

已被騷擾數次的警察離開椅子走到角落，看著早就替他解開手銬，卻遲遲不肯離開警察局的嫌疑人，皺起眉頭。

「余先生，這裡是警局不是飯店，你可以走了，再這樣下去會造成我們的困擾……余先生？余先生？你有聽到我說話嗎？」

「……」

然而坐在長椅上的人卻只是抱著膝蓋，把自己更用力地縮進牆壁角落，彷彿只有這樣，才能讓他得到些許的安全感。

而且在這裡繼續被手銬銬著，可以阻止自己別再不受控制地去找裴守一，不想看見曾經溫柔的眼眸，在看見自己後，露出的，厭惡的眼神。

＊　＊　＊

華磬科技公司

「你覺得 Alpha 是余真軒偷的嗎？」

周書逸坐在灰色布面的沙發，看著坐在辦公桌後的人，問。

高仕德搖搖頭，表情凝重地回答：「不是，以他的能力，就算竊取程式也不會被發現，利用多重ＩＰ最後追蹤到他身上，實在多餘。」

「那到底是誰？」

「雖然對方透過遠端操控駭進公司系統，但我們的安全防護並沒有被病毒破壞的痕跡，唯一的可能的就是有人在寫 Alpha 的時候故意弄了道後門，直接從後門偷取程式。」

「你的意思是——」同是資訊系的石哲宇瞬間明白，看著高仕德問：「我們之中有內鬼？」

只見辦公室裡的另外兩人同時豎起食指抵在嘴脣，高仕德還用另一隻手指了指故意留了道門縫的門口，示意剛才的推論，都是有意要讓「某人」聽見。

午休結束後，高仕德走出辦公室，對著士氣低落的員工們信心喊話。

「我知道 Alpha 被偷大家都很沮喪，但我絕對不會說『風雨生信心』這種沒用的屁話。」

「你剛剛說了。」

周書逸靠在旁邊的辦公桌微笑吐槽，周遭員工也忍不住竊笑，輕鬆的對話稍稍緩解余真軒被警察帶走後，瀰漫在公司的低沉氣氛。

高仕德對著情人笑了笑，把視線移向看著自己的員工，指著自己的頭腦，說：「事情還不到絕望的時候，慶幸的是被偷的只是基本系統，關鍵的核心程式碼，在這裡。我知道要找回所有的程式碼很難，但我相信在座的各位都不是省油的燈，我們絕對可以在交接日之前完成，度過這次的難關。」

綁著馬尾的大林，抱著手臂開口：「大家辛苦寫出的程式就這樣被技術長偷走，真是不甘心。執行長，你怎麼說，我怎麼做。」

「沒錯，我們都聽執行長的。」伊麵跟著附和。

高仕德對著員工們深深一鞠躬，說：「我代表公司感謝在座的各位。」

周書逸也跟著走到員工面前，宣布：「加班費double，結束之後按各組進度額外加發獎金。」

辦公室裡響起開心的笑聲和熱烈的掌聲，只有山治一個人支著下巴，不知道在想什麼。

之後幾天，華磬科技的員工都卯起來加班，有人把睡袋扛來，直接以公司為家，日以繼夜地修補程式。

「好了，這就是目前Alpha修補的大致狀況，雖然經過這陣子的努力已經超前，但是仍不可以懈怠。最後我們再把各組的進度確認一遍，方便明天交接。伊麵，你這組應該沒什麼問題。」

高仕德站在白板前，統整目前的進度。

「沒有問題。」

「大林，妳呢？遇到的狀況有記錄下來嗎？」

「有，不過還有幾個地方有問題……」

「宵夜來了。」

討論的聲音被一道聲音打斷，只見劉秉偉拎著兩大袋宵夜來犒賞辛苦的員工。

周書逸也拿了一份走到高仕德的身旁邊，問：「吃點東西吧，你一整天都沒吃。」

「你先吃。」

「喂！你老愛管我有沒有按時吃飯，怎麼換成你的時候就這樣隨便。」

「可是我真的不餓。」

「不然——」周書逸拉長尾音偷偷看了看周圍，確定沒有人在看他們後，壓低聲音說：「我餵你？」

「別鬧。」

挑逗的提議讓高仕德忍不住彎起嘴角，他知道情人是想舒緩他緊繃的情緒。

「不想我鬧你，就乖乖吃飯。」

「遵命，周副總。」

對視的兩人笑得甜蜜，無論面對多大的困難，只要在彼此身旁，再難再累，都是幸福。

晚上的辦公室裡，員工們昏睡一片，如果不是掛著科技公司的招牌，還以為是拍攝喪屍片的拍片現場。

「總公司那邊我已經想辦法應付過去，不過還有幾個董事仍盯著華磬的狀況。」

一夜過去，周書逸躺在執行長辦公室的躺椅上，聽著石哲宇的回報，把手交叉在頸後，冷冷地說。

「給他們負責的公司找點麻煩，轉移注意力。」

他想保護的人，就算是有血緣關係的親戚，也別想動。

當天晚上，和工程師們一起奮戰的高仕德結束當日的進度後，站起來逐一勸走還留在公司裡的人。

「今天先到這邊，大家快回去休息。」

黑眼圈已經快蔓延到鼻子的山治，甩甩頭：「沒關係，我還可以再撐一下。」

「你忙了那麼多天，要好好休息，接下來是我負責的部分。」

「也好，那老闆你加油，我先走了。」

於是員工們一一離開，只剩執行長的辦公室還亮著燈，高仕德走到角落的櫃子前，拿出用牛皮紙袋包裝的東西，放進自己的公事包。

霧面的玻璃門，竟被輕輕推開。

「怎麼提前回來了？飯局還好嗎？」

看著原本應該在跟董事們吃飯，卻中途離開飯局的人，關心問著。

周書逸疲倦地把自己摔進躺椅，坐在椅子上嘆氣：「滿桌大菜，滿腹心機，看到他們就吃不下，偏偏在明年董監事改選之前，還有很多場鴻門宴。」

「辛苦了，靠著我會舒服點。如果飯局上吃不下，我可以幫你準備宵夜。」

摟著情人坐在他的身旁，大方出借自己的肩膀，溫柔說著。

不客氣地把全身的重量都壓在另一個人的肩上，鬆開繫在頸間的領帶，長長地吐了口氣：「我一定要坐上誠逸集團董事長的位置，不只為了我爸，也為我自己。」

「我知道，你從小爭取第一名，就是為了證明自己有能力接班。」

「結果被你給毀了。」

高仕德笑了笑，說出他的計畫：「但你會有個第一名的手下，等交接後，我可以——」

他的計畫就是成為情人最有力的副手，幫他實現他的夢想。

聽到這句話人卻從躺椅上站了起來，皺著眉頭：「我不想綁住你，你可以做你想做的事。」

「但是我想做的，就是陪在你身邊，無論你爬得多高，我都會陪你。」

起身，走到情人的身旁，貼著他的頸側，說。

「我不反對你陪我，但是……要靠得這麼近嗎？」

說話時撲在脖子上的熱氣，讓他的臉不爭氣地紅了。

想起網路上的說法，說「人」這個字就像兩根互相支撐的「一」字，所以每個人都要靠著別人的力量才能撐起內心的強大，也才能挺起胸膛，面對前方的困難。

「有嗎？不要什麼事都自己扛著，別忘了，還有我在。」

「嗯。」

溫柔的吻，吻上另一個人的脣瓣。

高仕德，是他的倚靠；而他，也是高仕德的倚靠。

還好，他們找回了彼此，也找回來，最棒的戰友。

在嚴峻的職場上，無論怎樣的爭鬥，只要和這個人一起，就沒有闖不過去的難關。

＊　＊　＊

隔天

總算把最後的程式修補完畢，周書逸卻已經在沙發上沉沉睡去。

躺在沙發上的人脫去鞋子，蓋著另一個人的西裝，像隻縮起爪子的小貓，讓高仕德的心口就像裝滿蓬鬆甜蜜的棉花糖。

捨不得將熟睡的人喚醒，只好悄悄抱起分量不輕的情人到車上，開車返回他的住處，然後背著他開門走進屋裡。

一切，甘之如飴。

只是才剛開門，就聽見周父的聲音。

「書逸！你回來啦（お帰り）！」

周父興奮跑來想迎接寶貝兒子，卻看見兒子被那個討厭的傢伙給扛回來。

「……」

高仕德也沒料到對方會出現在這裡，心虛地移開視線。

氣得折斷手中的油條，但是看到兒子竟然累到毫無反應，也只能暫時退讓，從對方手中接過書逸的鞋子，允許討厭的傢伙把寶貝兒子帶去二樓的房間。高仕德小心翼翼把情人放在床上，蓋上棉被，低頭看了眼身上滿布摺痕的衣服，決定在跟某位長輩談判前，先做好作戰的準備。

於是走進浴室扭開水龍頭，仰著臉讓溫熱的水花灑落在自己身上，然後換上整齊的衣服，從公事包裡拿出準備好的牛皮紙袋，走下樓梯，走向坐在餐桌旁的中年男子，對著情人的父親深深一鞠躬。

「很抱歉，沒有遵守約定，跟書逸提早見面。」

然後打開紙袋，將紙袋裡的文件逐一攤在桌上。

「這些是我在美國開的公司資料、房產、動產、存摺，還有遺囑，除了法定應繼分，未來全部會交給書逸。我知道這些還不能達到您的標準，但這些已經是我的全部。」

「咳咳咳——」周父聽見應繼分三個字後，被剛入口的豆漿嗆到咳嗽：「你以為自己是在下聘，娶我兒子喔！」

「不，這是我的『嫁妝』。」

「哈，想進我家的門，不可能。」

高仕德拉開椅子坐在男人面前，沒有之前的愧疚，展現出來的，是他真正的模樣，自信而果決地說：「那只好讓書逸進我家的門，我媽和我繼父都很歡迎他。」

「臭小孩（クソガキ）。」

周父抽出衛生紙，擦拭手指上的油膩，忍不住用日文低聲罵著。

「五年前我會讓，是不想讓書逸為難，只是沒想到這麼做反而讓他更傷心，為了不再用自以為是的想法傷害我最愛的人，所以這一次，我會跟書逸一起面對您。」

「就憑你？」

身為集團董事長的男人，對著眼前的年輕人冷笑，佯裝聽不懂對方畫裡的威脅。

「伯父，我比較擔心你，因為這樣一來您就會跟書逸對立，而他很有可能會討厭你。」

「你威脅我？」

「不是威脅，只是分析事實。Email的那筆帳，我還沒跟您計較。」

不只逼他訂下五年之約，還從中作梗讓他和情人都收不到對方發出的信件，導致後來一連串的誤會。

都說枕邊人最方便搧風點火，如果他想從中作梗搞個破壞，讓小貓在老貓心中撓下幾道疤痕也不是不可能。

「你這不孝的傢伙！」

赤裸裸的威脅，讓寵溺兒子的「老貓」當場炸毛。

高仕德勾起嘴角，利用對方的語病，故意喊出對方不願承認的關係：「這算承認我是您的兒子了嗎？爸爸（お父さん）！」

「誰是你爸爸？（誰がお父さんっていていた）」周父氣得拍桌大罵，站起來指著對方的臉，做出威脅，也做出退讓：「別以為我不清楚華磬發生了什麼事情，要是沒處理好，我連我兒子的指甲都不會給你。」

「謝謝，絕不讓您失望。」

高仕德再次鞠躬，對著已經接受自己的長輩道謝，然後從餐桌上端走周父要拿來討好寶貝兒子的油條，說。

「這盤我拿走了，書逸喜歡吃。」

「你！」

周父想大罵，又怕吵醒熟睡的寶貝，只好憋著怒氣，眼睜睜地看著那個混蛋搶走他買的油條往二樓走去。

＊　＊　＊

數日後

「感謝大家這陣子沒日沒夜的加班跟情義相挺，Alpha 總算如期完成，包括最難的程式融合，我們是最棒的。」

「YA！」

華磬的辦公室內，響起慶賀的歡呼聲。

「獎金會在下個月跟薪水一起匯進大家的戶頭，謝謝你們救了華磬。」

接著高仕德的道謝，周書逸也走到員工們的面前，對著這幾天來齊力奮鬥的團隊深深鞠躬。起初對於誠逸集團的代表們懷有敵意的員工，也在這次的同甘共苦後，放下偏見，給予熱烈的掌聲。

「為了慶祝，中午我請大家吃飯。」

「好耶！大餐大餐！」

「謝謝執行長！」

「執行長最棒！」

於是大夥兒簇擁著說要請客的執行長前往公司附近的餐廳，開起慶功宴。

只有一個人，趁著眾人不注意的時候悄悄返回公司，走進執行長的辦公室，拿著USB插入電腦，準備下載儲存在主機的資料。

「下載好了嗎？」

霧面的玻璃門被往裡推開，高仕德表情沉重地走進自己的辦公室，看著Alpha盜竊案的內鬼——大林。

「執行長？」大林捏在USB上的手指不受控制地發抖，臉上仍裝做什麼都不知道，撐起笑容想要蒙混：「我只是突然想起來還有事情沒有處理，所以借用電腦，沒有要下載東西。」

高仕德卻仍站在門口，嚴肅地看著大林。

「妳很聰明，用 Dridex 的計算機木馬程式攻擊 windows 操作系統，知道山治打算和老婆去旅遊，於是把 Dridex 偽裝成辦公室常用的 Word 或 Excel 文件，通過電子郵件的方式發送到他的信箱。

等他打開看似推銷旅行套裝的廣告信件，順手打開附件裡的 Word 或 Excel 文件後，他的電腦就被植入了 Dridex 的木馬，而妳，便成功駭進山治的電腦，然後透過他的電腦，在不需要經手的情況下遠端竊取 Alpha。」

大林努力保持笑容，反駁高仕德的說法：「我自己就是 Alpha 開發團隊的一員，為什麼要這麼做？而且執行長這幾天也看到了，我幾乎是睡在公司要幫忙修補程式，如果我真的要竊取資料，之後又為什麼要那麼拚命完成進度？」

高仕德直視著大林，拆穿她的謊言：「因為妳手上還缺一塊拼圖，而妳缺少的那塊，正是由我單獨負責及修補的部分。」

科技公司的重要程式，為了防堵外洩，向來不會也不可能由單一工程師完成，Alpha 的程式碼也一樣，由團隊的每個人各負責其中的一部分，就像把拼圖存放在不同人的手中，所以即使是資深員工的大林，在「正常」情況下也不可能拿到其他人手中的拼圖。

因此，她必須突破「正常」，製造讓其他人不得不把拼圖交給她的「意外」。

「聽說過一九七六年的法國興業銀行搶案嗎？」

「……」

大林整個人愣住，不懂執行長為何說起銀行搶案的事情，然而對方說出來的話，卻讓她越聽越心虛，因為高仕德描述的，正是她盜竊 Alpha 的方式。

一九七六年，法國興業銀行被劫，主謀就像羅伯特·博羅克在一九七二年出版的小說《漏洞：如何搶劫銀行》中描繪的內容一樣，城市下水道系統入侵銀行內部實施搶劫計畫。

而犯人正是利用七月十四日是法國國慶日，法國的各個地方都會施放煙火來慶祝的傳統，利用煙火遮掩機具鑽開金庫牆壁的聲音，成功搶走一大批存放在金庫內的珠寶和首飾。

「Alpha 被竊，就是妳故意放出的煙火，然後利用大家都在趕進度修補的過程中，藉著幫助同事追進度的方式，成功拿到其他人手中的拼圖。只可惜妳還需要最後一片拼圖，才能拿到完整的Alpha，而我無論在開發或修補時都只使用這間辦公室裡的電腦，想拿到我手上的拼圖就只能冒險，趁著沒人的時候進到我的辦公室，親自下載裡面的檔案。」

「不好意思，打擾了。」

辦公室外，傳來陌生的聲音，接著便看見身穿制服的警察紛紛走進辦公室，將大林戴上手銬。

高仕德看著大林的臉，平靜地問：「這麼做，值得嗎？」

然而被銬上手銬的女性卻不再開口，只是沉默地跟著員警回警局進行偵訊。

等到其他員工從餐廳開心舉辦完慶功宴回到公司後，才從執行長口中得知整件事情的來龍去脈。

「沒想到竟然是大林。」

小陸表情錯愕地看著大林被帶走後，空蕩蕩的座位，說。

「執行長，還有大家，不好意思，我竟然沒發現自己的電腦被駭。」

電腦被植入Dridex木馬程序的山治，懊惱地對同事們道歉。

「你不是說不裁員，她為什麼還要偷取程式？」

和員工們一起返回公司的石哲宇，露出不敢相信的表情，問著站在身邊的周書逸。

周書逸面無表情地回答：「也許是有人出高價收買她吧！」

這種場面，從小到大他看得多了，所以才無法輕易相信別人。

高仕德走到石哲宇面前，問著一大早就去警局處理事情的劉大律師：「秉偉呢？還沒把余真軒帶回來？」

「他說余真軒無論誰勸都不肯離開。」

「看來只能搬救兵了。」

於是苦笑地嘆了口氣，拿起手機，撥打某人的電話。

＊　＊　＊

警局

裴守一走進警局，就看到坐在長椅上的余真軒，坐在長椅上的人兒正一動也不動地縮在角落。

他像一隻瑟瑟發抖的流浪狗，執意在他被扔掉的地方，等待拋棄他的主人。

『我不是瘋子！』

『那就別再讓我看到你。』

「……」

看著余真軒臉上露出和十二年前一樣的表情，突然覺得心口的那個洞，很痛。

分開的這段時間，他時不時地就會張望四周，卻直到營業結束後，都不曾看見總會來纏著自己的身影。

有些話，他該跟這小子說清楚。
因為真正的「裴守一」，不值得讓余真軒繼續等待。

第六章　心動的痕跡無法再掩飾

十二年前

「走開！」

余真軒抱著膝蓋坐在操場旁的大樹下，看見某人往自己走來，立刻站起來大吼，可是當對方真的走遠後，卻又落寞地抱著膝蓋坐回地上。

幾分鐘，剛才離開的人竟拎著醫藥箱走了回來，坐在大樹旁邊的水泥樓階，打開箱子拿出棉花棒和碘酒，也不管他情不情願，用手指強勢抬起他的頭，替臉頰上的傷口抹上茶色的藥水。

「痛！」

不滿地瞪了那人一眼，張牙舞爪的抗議卻再度被無視，於是更生氣地吼著。

「不要管我！」

「那就不要出現在我面前。」

男人不客氣地回嗆，與其他人截然不同的反應倒讓余真軒愣住，睜著大大的眼睛，不可思議地看著對方。

「叫什麼名字？」

「余真軒。」

「你叫什麼？」

「裘守一。」

「裘守一。」余真軒用力點頭。

他記住了，這個奇怪的人，叫做裘守一。

男孩認真的反應倒讓裘守一忍不住多說了兩句：「順便告訴你，我是這間學校的校醫，以後在學校遇到我，要喊我老師或校醫。」

「裘守一。」搖頭拒絕。

才不要，這三個字比老師好聽多了。

學校裡的老師都很討厭，不是用同情的眼神看著他，就是把頻繁出入訓導處和警察局的他當作討厭鬼。

所以，他討厭老師，才不要喊他老師。

「隨便你。」

要不是這小子的年紀跟高仕德差不多，制服上又繡著自己即將任職的高中的校名，他才懶得多管閒事。

動物般戒備的眼神，漸漸地變成接納，接納眼前的人在這麼近的距離碰觸他，替他在傷口處貼上OK繃。視線落在被自己咬出牙印的右手手臂，看著裴守一的眼睛，愧疚地問。

「你的手……」

「不用你管。」

輕柔地把OK繃邊緣的膠帶，小心翼翼貼在左臉處的皮膚，然後抬起男孩的下巴，替嘴角的傷口塗藥。

卻在看見那雙清澈的眼神後，停頓了手上的動作……

＊　＊　＊

十二年後，警局

「犯人已經找到了，還不走？」

接到表弟call來的求救電話，不得不從正在準備營業的餐酒館，騎著機車一路狂飆到警局領人，裴守一看著縮在角落的余真軒，初次見面的畫面瞬間湧上腦海。

「你不是說『別讓我再看到你』，不理我就不要管我。」

「你走不走？」

「不走！」

「到底走不走？」

「我不走，我要在這裡。」

「余真軒！」

倔強對上倔強，硬碰硬的爭執，讓站在旁邊的劉秉偉不得不開口緩頰。

「兩位有話好好說。」

「閉嘴！」

「閉嘴！」

兩人同時回頭，異口同聲對著苦命的某人怒罵，劉秉偉尷尬地撓了撓臉，自動自發退到一旁。

裴守一回頭對年輕員警客氣地說：「麻煩幫他解銬。」

「好。」

被煩了許多天的員警笑得十分燦爛，心想上帝果然還是保佑他的，總算有人要把這個麻煩精領回去。

於是用鑰匙解開防止余真軒衝動自殘，不得不再次銬上的手銬，可是余真軒卻仍縮著腿坐在長椅，彷彿只有那個地方能讓他感到安全。

不過這一次沒耐性的人不再好言相勸，直接拽著余真軒的手把他拉向自己，像扛沙包一樣扛出警局扔上自己的機車後座，把備用安全帽套在余真軒的腦袋，然後戴上另一頂安全帽，發動停放在警局外的機車揚長而去。

另一邊，高仕德接通劉秉偉的電話，得知剛才發生的事。

「秉偉謝啦，辛苦你了。」

『哪兒的話，不過你找來的那個人還真有辦法，這幾天在警局裡余真軒完全不讓任何人靠近，只要一靠近就咬人，沒想到那位大哥一來，你家的技術長竟然不反抗，乖乖地被那個人扛走。』

「換作是哲宇要你往東，你會往西嗎？」

『明白。』

簡單易懂的解釋，讓電話另一頭的法務長忍不住大笑，原來不只有驢子跟紅蘿蔔關係，還有流浪狗跟飼主。

「余真軒怎麼了？」

等高仕德結束通話後，周書逸才從餐桌上拿起水杯，走到情人身邊把水杯遞給他。

「守一把他扛走了。」高仕德坐在沙發上，忍不住嘆了口氣：「也好，他們倆個也該好好談談。」

周書逸也跟著坐在沙發，說：「裴守一自己有情感障礙症，他們能還怎麼談的？」

「不知道，兩邊都有問題，但這不是旁人能幫忙的，我們……還是做我們現在該做的事。」

說完，把水杯放在沙發旁的矮桌，抽走放在周書逸右側的灰色靠枕，把枕頭放在情人的大腿上，然後側身躺下。

「這就是你說的，該做的事？」周書逸彎起嘴角，用手指戳戳對方的腦袋：「要睡就去房間睡。」

「不要，我最近嚴重加班睡眠不足，而且晚上還要『陪你』，體力實在超支。」

故意把話說得曖昧，惹得另一個人害羞地用手拍打他的額頭。

「小朋友啊你，快起來。」

「好痛，我被你打暈，起不來了。」

趁機翻身，找了個最舒服的姿勢，仰躺在情人的大腿。

周書逸低頭看著耍賴的男人，無奈苦笑：「真受不了你。」

嘴巴上雖這麼說，卻還是把手放在對方胸前輕輕拍著，又怕白天的陽光讓他睡不安穩，於是將手掌輕輕覆上他的眼皮，替體力透支的人遮去光線，然後用單手翻閱放在右側的雜誌，直到對方呼吸漸緩，沉沉睡去。

＊　＊　＊

「我洗好了。」

余真軒換上白色的衣服披著浴巾，頂著溼漉漉的頭髮地走到店外，裴守一正在整理露天用餐區的桌椅，準備晚上的營業。看見余真軒換上乾淨的衣服後，拉了張椅子走到旁邊的臺階，對著他說。

「過來。」

「喔。」

「坐下。」

「嗯。」

一個命令一個動作，裴守一覺得自己就像偶然間餵了一隻流浪狗，從此之後就被浪浪認定的主人。

打開醫藥箱，拿出放在裡面的碘酒和棉花棒，他們的關係，似乎都離不開醫藥箱。

「你高中的時候我就說過，你就算死在我面前，我也不會有任何反應，問題不在你，而是我。」

轉開優點的瓶蓋，把茶色的液體滴在棉花棒，然後把藥水輕輕塗抹在余真軒手腕上，被手銬磨破皮的傷口。

「affective disorder，情感障礙症，是我的病名。所以我對於一切喜怒哀樂缺乏反應能力，我無法跟別人有情感上的交流，任何情緒或感情對我來說只是名詞，我永遠感受不到。」

「你騙人，我看過你笑，你跟那個媽——」打住差點說出口的媽寶，余真軒看著對方的臉，反駁：「你跟高仕德講話的時候，笑過。」

那個笑，讓他羨慕。

因為那是自己從未得到，卻十分渴望的東西。

然而男人卻依舊低著頭，繼續上藥的動作，說：「我能觀察別人的言行做出適當的回應，所以我笑，不代表我開心；我怒，不代表我生氣。就只是社交技巧。

你花了十二年的時間找我，以你的角度，可能是長達十二年的思念、感情，付出、痛苦、焦慮，正常人應該會驚訝，會感動，甚至回應。

但對我來說，就只是十二年的時間，我無法理解花十二年找一個人是什麼感覺，你把感情放在我身上，就像把石頭丟到大海裡，永遠得不到回應。」

「不會的。」

余真軒用力地搖了搖頭，否定裴守一的話。

電影裡不是都有演嗎？

扔進海裡的瓶中信，無論在海上漂流多久，總會回到岸上，被有緣人撿到。

所以不會的，不會得不到回應的。

只要他再努力一點點，再加油一點點，肯定會有一天，讓他最喜歡的人，也喜歡上他。

「你就算再花一個十二年，結果也是一樣。」

裴守一收回手，把碘酒和沒有使用的棉花棒放回醫藥箱，然後蓋上蓋子站了起來，看著餐酒館旁的河堤，摀著心臟跳動的位置，語氣平淡地說。

「我這裡是空的，沒有任何東西，也放不進任何東西。」

「可是……」

余真軒看著那個人摀住胸口的動作，眼眶在一瞬間泛紅，突然想起剛才的事情，就像抓到了希望。

「以前你最討厭麻煩，卻只讓我麻煩你，同學們都說你對我特別的好。剛才、剛才也是，你還來警察局接我耶，不就代表你會擔心我？裴守一，是不是只有你沒發現，你其實很在乎我。」

說到最後，激動的情緒幾乎哽咽得讓他無法言語，得用盡全身力氣，才把想對那個人說的話，完整表達。

「去警局接你，是因為仕德找我幫忙。」

「……」

一句話，徹底敲碎最後的希望。

余真軒垂下頭，把掛在肩膀的毛巾默默放上旁邊的桌子，顫抖地伸出手，貼在裴守一的胸口，嚥下微鹹的淚水，哀求。

「一點點也不行嗎？我要的不多，只要你喜歡我一點點就好。」

男人把手覆上余真軒的手背，卻是將他的手扯離自己的胸口，然後回答：

「別把時間浪費在我身上，不值得，也划不來。」

「沒關係，我有很多時間，我可以等，裴守一，我真的可以等。」

抓住對方的外套袖子，再次乞求，這一次卻是被狠狠甩開，連個眼神都吝嗇給予。

看著不再說話的人拎起醫藥箱轉身走進店內，關上玻璃門，隔開彼此的世界……

難道他們之間的關係，就這樣到此為止？

無論自己怎麼拚命追逐，得到的，都只有冷漠與厭惡？

＊　＊　＊

周家

周書逸靠坐在沙發上，不知何時睡著的他，突然被說話的聲音吵醒。

「要是沒救回來，看妳還會不會這樣說……都同居了，妳說呢？等華磬交接後我就會進誠逸集團當他的特助。」

周書逸睜開眼睛，聽著從廚房飄來的聲音，高仕德不知道在跟誰說話，語氣那麼溫柔。於是起身，躡手躡腳穿過客廳走進廚房，從背後用力抱住對方。

「呼！」高仕德被情人的惡作劇嚇到，卻在轉頭後揚起寵溺的微笑：「醒啦？」

這才是他所熟悉的周書逸，那個只會對他顯露出調皮孩子氣的周書逸。

他回來了，他終於，回到自己的身邊了。

「嗯，醒了。」頑皮地摘下對方戴在左耳的無線耳機，貼著他的耳廓，說：

「我怎麼可能只讓你當特助，怎麼說也會給你科技長的位置。」

高仕德笑了笑，說出他的私心：「但是科技長不能一直跟在你身邊，特助可以。」

周書逸在情人的後頸處親了一口，就聽見廚房傳來第三個人的聲音……

『看到你們感情那麼好，我就放心了。』

被聲音嚇到的人立刻從高仕德的背後彈開，轉頭看了看四周，就看見放在流理臺上，正在視訊通話的手機。

「阿姨好。」

恭恭敬敬地對著螢幕裡的高媽媽問好，然後壓低聲音對著正在偷笑的某人抗議。

「我還以為是電話，竟然是視訊。」

『小逸好久不見，你還好嗎？』

「我、我很好。」

『你一定要原諒我，那時候我不知道自己懷孕，一下飛機就住院，後來差點流產，公司又出事情，都得靠仕德處理，因為這樣害你們產生誤會，真是對不起。』

周書逸搖了搖頭，這些事情情人都已經跟他說過，誤會也都解開，現在的他們非常幸福。

「阿姨，你跟弟弟平安健康最重要。」

『你還是很介意對不對。』

「我沒有。」

『不然你怎麼還叫我阿姨，應該叫我——媽咪。』

「媽咪？」

周書逸愣住，不自覺地重複阿姨的話，高母聽了後，在螢幕裡笑得十分開心。

『對，就是這樣。等等，我介紹 Brandon 跟 Ashely 給你認識……』

高母拿起手機，踩著拖鞋走到正在院子裡種花的家人們，視訊畫面也在一陣晃動後，出現兩張陌生的臉孔。

周書逸看著螢幕上的兩人，留著鬍子的中年男性自然是阿姨再婚的對象，而旁邊的女孩，竟然是——

「……」

「怎麼了？」

捕捉到情人臉上，一閃而過的詫異，高仕德歪著頭，對著另一個人問。

周書逸滿臉尷尬，一邊對著螢幕上大方跟他打招呼的女孩揮手，一邊用只有彼此能聽見的聲音，說：「她就是我去美國找你的時候，看到的……」

「美國妞？」

「嗯。」

最後一片拼圖終於拼湊，原來所有誤會的開端，都是因為自己的繼妹，Ashely。

高仕德彎起嘴角，故意說著：「這下你可以原諒我，跟『美國妞』在一起了嗎？」

「高仕德……」

周書逸垂下視線，壓低聲音，愧疚喊著對方的名字。

原來他看見的女孩子，是阿姨再婚對象的女兒，也是高仕德的妹妹，卻被自己誤會成高仕德去了美國後，移情別戀的對象。

「對不起，我——」

周書逸咬著嘴唇，雖然說不需要解釋，但如果當時有勇氣走上前，只需開口問一句話，就不會有後來的事情。他們也不會分開五年，也不會彼此痛苦。

「噓！」把手指抵在情人的嘴唇，搖頭：「事情都過去了，而你，永遠不需要跟我說對不起。」

要說有錯，那麼他也一樣。

只要放下爭強好勝的面子，想辦法找石哲宇或劉秉偉問一聲，或是拒絕周父的五年之約，直接找周書逸說清楚，就什麼事都不會發生。

偏偏一個好強、一個膽怯，就像劉秉偉說的，刑法罪責篇的「累積因果關係」，原本都不足以致死的毒藥劑量，卻在一加一的累積後，導致無法挽救的結果。

幸好，他們再次找回彼此，找回相愛的幸福。

對看視線，都在對方眼中看到釋懷。

『書逸，下次我去臺灣的時候，可不可以去找你玩？』

視訊的畫面中，Ashely開心問著周書逸，被問得人露出笑容點了點頭，答應對方的要求。

「當然可以。」

高仕德悄悄貼上情人的耳朵，在手機鏡頭外，偷偷撫摸戴在對方右腕的手鍊，說：「以後，無論你多麼氣我，都不許把手鍊摘下，你不知道，當我看見你的手腕上沒有戴著它，我的心裡有多難受！」

「你以為一條手鍊就能栓我一輩子啊？」

被頂嘴的男人瞇起眼睛，不再壓低聲音，隔著手機螢幕，當著老媽、繼父，還有妹妹的面前，大聲宣示主權：「周書逸，晚上你別想睡了。」

「說什麼啊！他們都在。」

懲罰的拳頭，在鏡頭拍不見的地方，紅著臉，不客氣地揍在高仕德的腹部。

被揍痛的人，卻笑得開懷。

難怪從他回來後，情人每一次的親吻都比以前激烈，透著濃烈的獨占慾，原來是因為當初在美國的時候，看見Ashely替自己擦拭嘴脣的動作。

還好，在兜兜轉轉後他們再次抱住彼此，不再錯過。

當晚，周書逸主動撥通父親的電話……

「爸，週末有空嗎？仕德說要下廚請您吃飯，所以……」

握著手機的那隻手，有著微微的顫抖，自從那次爭吵之後，他們已經冷戰許久，這些年來都不曾坐下來吃一頓飯，更別提面對面地說話。

就在他不知道該怎麼把話說下去的時候，結實的手臂穿過他的身側，靜靜地摟在他的胸前。

高仕德從背後摟住情人，用陪伴和堅定，做為對方的倚靠。

『……書逸，你幸福嗎？』

電話另一頭，在沉默了幾秒鐘後，沙啞著嗓子，問。

「非常幸福。」

周書逸放鬆身體，把自己靠在另一個人的胸膛，微笑回答。

『那就好。』

電話彼端，周父揚起慈祥的笑容，滿意地說。

只要孩子幸福，他這個做老爸的，就很幸福。

『跟那小子說，想請我吃飯可以，不過不准在炒飯裡加紅蘿蔔。』

同樣挑食的長輩，在最後還不忘記交代他的飲食習慣。

「噗哧，好，我一定跟他說。」

周書逸忍不住笑出聲音，在結束通話後，對著露出無奈笑容的情人，驕傲地下達命令。

「你自己聽到的，我爸說他的炒飯不准加紅蘿蔔。」

「遵命，岳父大人。」

沒辦法，為了討好情人的老爸，別說炒飯不加紅蘿蔔了，就算要他做出得耗時三天三夜的功夫菜，他也使命必達。

周書逸亮起眼睛，彷彿看見可以讓他挑食的擋箭牌：「那我的炒飯，也——」

高仕德收回摟在情人胸前的雙手，搖頭回答：「我拒絕，而且我相信岳父大人也不希望你挑食。」

「為什麼我老爸可以挑食，我就不可以。」

「不可以就是不可以，乖，很晚了，陪我睡覺。」

說完，仗著身高優勢，把周書逸一把扛在肩膀上，轉頭走向通往二樓的樓梯。

「放我下來！」

「我說過的，你今晚別想睡了。」

「高仕德！」

被架在肩膀上的人，臉頰通紅地抗議，卻不阻止對方的霸道，偷偷地，露出甜蜜的笑容。

＊　＊　＊

餐酒館外

余真軒抱著一只箱子站在河堤，看著亮起燈光的餐酒館，聽著裡面的客人發出歡鬧的聲音，想像自己也是那群人的一員。

從小，他就和別的孩子不太一樣。

注意力無法集中、無法跟別的小朋友一起玩、動作笨拙、說話的方式也和正常人不同，甚至脾氣一來，連他都不知道為什麼無法控制，只能用暴力和攻擊宣洩所有的情緒。

久而久之，幼稚園的小孩子都不想跟他玩，老師們看他的眼神也變得古怪，就連回到家後，爸爸媽媽也常因為他的狀況吵架。

漸漸地，媽媽不太回家；漸漸地，爸爸酗酒的時間越來越長。

只有奶奶每隔幾天就會來看他，幫他把油膩的頭髮洗乾淨、替他換上乾淨的衣服，還帶他去外面吃除了泡麵以外的食物。

後來，媽媽不見了；再後來，爸爸也不見了。

只有奶奶，流著眼淚抱著他，說：

『孩子別怕，有奶奶在，奶奶一定不會把你扔下。』

從那天起，他的世界，除了自己，就只有奶奶。

直到，高中被流氓追打的那一天……

「奶奶，除了妳，裴守一是唯一對我好的人，雖然他老覺得我很煩。」

余真軒抱著膝蓋蹲在餐酒館外的柏油路上，擤著鼻子強忍淚水。

就這樣等呀等地，等到全身都被風吹得冰涼，等到營業結束後，員工們全都離開餐酒館，才抱起放在面前的塑膠箱子，一步一步，走向餐酒館，看著那個人走到露天用餐區，拉開椅子坐在桌子後面，點起香菸，看著對岸的夜景。

「裴守一。」

「……」

被喊名字的人，詫異看著站在階梯下的男孩，皺起眉頭熄滅菸頭，正想轉身走進餐廳裡，就被那個聲音再次喊住。

「你不要生氣，我是來還你東西的。」

余真軒抱著手中的箱子，緊張地說。

「雖然我也想過，如果我不要你回應我，也不要你喜歡我，這樣的話，是不是可以繼續陪在你身邊，不過後來，我想清楚了，我不該造成你的困擾。

你說得對，我該長大，箱子裡裝的，是陪伴我十二年的東西，是我最寶貴的東西，其實也是你的東西，雖然你可能沒有印象。」

抬腳，每跨上一個臺階，就提起一件往事。

每踏上一個臺階，就距離那個人，更靠近一步。

「有第一次見面，你披在我身上的那件外套；還有我受傷的時候，貼在我臉上的ＯＫ繃；在保健中心的時候，你丟給我的毛巾跟拖鞋，和隔天早上醒來你幫我準備的牙刷牙膏；還有在櫃子裡，你留給我的，我愛吃的泡麵……」

每靠近一步，就距離告別的時刻……

更進一步。

「還有你給我的便條貼，寫著『睡醒了就滾』；你教我寫的作業本，還有你最後離開時寫給我的信，和你根本就忘記帶走的杯子……」

十二年前，他被這個人拋下。

於是好不容易除了奶奶以外，又多了一個人的世界，再一次，只剩下自己。

裴守一不知道，那個下著大雨的晚上，他為什麼跑去保健中心找他。

那一天，奶奶過世……

他穿著奶奶偷偷買給他的新球鞋，走向校園裡透出光亮的地方。

唯一疼愛他的奶奶，唯一不會罵他是智障、不會嫌他笨拙，不會因為他經常打架鬧事被送去警察局，就不要他的奶奶，因為心肌梗塞，過世了。

再也沒有人會對他說，孩子別怕；再也沒有人會對他說，有奶奶在，奶奶一定不會把你扔下。

「裴守一，你離開後，我就一直在找你，我每天都看著這些東西，一直在想……如果我更成熟了，長大了，你會不會就願意讓我陪在你的身邊？」

顫抖的嘴唇，滾落臉頰的淚水，哽咽著把藏了十二年的話統統說出，然後踏上最後一個臺階，把裝滿回憶的箱子放在桌上，放在裴守一的面前，說。

「這些還你，我想過，要放過你之前我得先放過我自己。如果你有什麼想留下的，可以留下，如果要丟掉，也可以丟掉。

雖然你可能很後悔當初多管閒事幫了我，可是我很感謝你，你是第一個問我『痛不痛』的人，我的世界因為有你，變得和原本不一樣，變得更好、更溫暖、也更幸福……」

原以為，他沒有了奶奶，卻找到另一個願意懂他的人。

沒想到，在他開心拿著考取高分的成績單衝進保健中心，想對幫他課後輔導的裴守一說好多好多次謝謝，卻只看見留在櫃子裡的那張字條，寫著：

小鬼，我走。

你就沒理由賴在我這邊。

該長大了！

PS好好珍惜自己，不要以為我沒發現那些傷是你自己搞出來的。

再見……

不！再也不見！

裴守一沒有表情地抬起箱子，轉身背對哭得不能自己的男孩。

「裴守一！最後一句話……」

余真軒看著停下腳步的背影，流著淚，露出燦爛的笑容，說。

「希望你能找到，你願意讓他陪在身邊的那個人，祝你幸福。」

然後擦去淚水，微笑轉身。

走下臺階，走出有裴守一在的地方，回到只剩下自己的世界。

卻有一個聲音，突然從背後響起——

「余真軒。」

裴守一把裝滿回憶的箱子放在地上，轉身看著慢慢遠離的背影……

從來沒有人，讓他有這樣的感覺。

余真軒每說一句話，他的心就揪痛一回。

或許，心口的洞，早在不知不覺間被這個人填滿，可自己卻像他說的……

『是不是只有你沒發現，你其實很在乎我。』

從第一次見到他開始，男孩就已經闖進他的世界，就像甩不掉的麻煩，不忍推開。

看著他的淚水，痛得無法呼吸，也才發現，原來這孩子在他心中，已占據很重要的位置，只是他卻誤以為，自己毫無感覺。

一直都是他最先轉頭離去，然而余真軒的背影，卻總讓他心疼不已。

因為情感障礙症，他被情感的高牆驅逐在正常人的世界之外，可是這小子卻在他沒有察覺的時候，用固執的喜歡，一點一點鑿開矗立在周圍的高牆，把他從未感受過的情感，一點一點從裂縫的小孔傳遞過來。

「余真軒！」

這是他第一次用盡力氣喊出一個人的名字。

喊出，他不想失去的名字。

「我只能答應你，試試。」

試著，靠近纏人的小鬼。

試著，靠近正常人的感情。

試著，不去討厭叫做余真軒的小子。

試著，讓那個男孩成為陪伴自己的那個人，成為，讓自己感受到幸福的……

那個人。

余真軒瞪大眼睛，錯愕地看著前方，然後用力點頭，轉身飛奔撲進裴守一的胸前，就像他們初次相遇時一樣，撞進他的胸口，再也不離開。

『不要管我！』

『那就不要出現在我面前。』

『叫什麼名字？』

『余真軒。』

『你叫什麼？』

『裴守一。』

『裴守一。』

記住了。

他是裴守一，一個很奇怪很奇怪的人——

裴、守、一。

＊＊＊

大學校園

「請問傑出校友，回來母校演講的感覺如何？」

高仕德左手握拳，假扮記者訪問結束演講的另一個人。

「超棒（最高）！」

周書逸高舉雙手，在林蔭大道上高喊，然後看著對方的臉，得意地說。

「這次我贏了，比你先回到學校演講，做好認輸的心理準備吧！高仕德，我再也不會輸給你了。」

「都畢業多久了還在比？第一名第二名有那麼重要嗎？我可是在發現自己

喜歡上你後，就把整個人生輸給你了。」

「高仕德……」

剛才還在講臺上說得頭頭是道的傑出校友，卻被情人突如其來的告白羞紅了臉頰。

「傑出校友，難得回來，就來場校園巡禮吧！」

高仕德洋溢燦爛的笑容，拽著周書逸的手，往校園的某個地方狂奔。

「去哪？」

「別問。」

於是，兩人跑進整修過的游泳館，游泳池的池水，還是和記憶中一樣地藍。

高仕德牽著周書逸的手，做出苦惱的表情，說：「其實我在游泳社的時候一點都不開心。」

「為什麼？」

「看著想吃的肉每天在你眼前晃來晃去，卻摸不到，真難過，害我在泳池邊偷哭。」

「你白痴喔！」

抬手往對方胸口處一推，沒想到卻把比自己高大的那個人推進泳池，看著故意在水中載浮載沉的傢伙，周書逸笑著說。

「快上來，我要走了。」

卻聽見水裡的人，發出痛苦的聲音：「我抽筋了。」

「別騙人。」

「救、救我……」

「好了，你別鬧了啦！」

只見高仕德緩緩往池底沉去，於是立刻脫去外套跳入水中，卻在抓到對方的手腕時，被潑了滿臉的水花，還被揪著脖子上的領帶拽進另一個人的胸前，親吻他的唇瓣。

周書逸推開偷吻他的壞傢伙，漂浮在藍色的泳池，斜著眼睛問：「別告訴我，這就是你最想來的地方。」

「之一。」

「第二呢？」

「更、衣、室！」

「滾！」

曖昧的暗示，再次染紅傑出校友的臉龐。

＊　＊　＊

餐酒館

今晚的餐酒館，特別不一樣，只為了特定的客人開放。

劉秉偉握著手裡的絨布盒，焦慮地在露天用餐區走來走去，抓著高仕德問：「你覺得我的求婚會成功嗎？」

一直以來面對各種疑難雜症都游刃有餘的人，難得慌亂得像個青少年，果然自己一輩子就是被石哲宇剋得穩穩當當。

「別緊張，我相信你可以的。」

身為大學死黨，高仕德推著劉秉偉的後背，替對方打氣，劉秉偉這才跨出顫抖的雙腿，走向早已布置好的用餐區。

用餐區的餐桌旁，石哲宇對著周書逸露出得意的笑容，小聲告密：「那傢伙打算今天跟我求婚。」

「你怎麼知道？」

「我偷看了他的小日記，而且……他把求婚戒指掉在我家，是我放回他的車上，而且以他的個性絕對忍不了一個禮拜。」

周書逸笑了笑，從以前到現在，他都覺得劉秉偉會喜歡上這個人，真的很自虐：「你會答應嗎？」

「為什麼不？反正求婚離結婚——」石哲宇張開手臂，誇張地說：「還有這麼長的距離。」

「紅蘿蔔理論？」

「沒錯。」

周書逸看著朝他們走來的兩個人，用同情的眼神看著神情緊張的大律師，然後看著他用力拍手，把邀請來的朋友和員工招呼到他空地上。

「各位，我有事情要宣布。」

等所有人全都聚集後，劉秉偉牽著石哲宇的手，走到眾人的面前，看著他追了多年的情人，認真開口。

「我知道，我很常踩到你的雷，反應也不夠快，你卻一直包容我，我真的很喜歡跟你生活的感覺，希望可以繼續下去。所以我想知道，石哲宇——」

劉秉偉吸了口氣，對著眼前的人單膝下跪。

「你願意嫁給我嗎？」

「嫁給他！」

「嫁給他！」

旁邊，眾人先是訝異，接著開心起鬨，熱鬧的掌聲和口哨聲，瞬間響遍餐酒館的用餐區。

「求婚的方式很爛，但——」石哲宇驕傲地揚起下巴，等到對方憋住呼吸等待答案的人都快窒息的前一秒，才大聲說出他的回答：「我、願、意！」

「哲宇……」

劉秉偉感動地抱住自己苦追多年的對象，在所有人起鬨「親一個」、「親一個」的氣氛下，緩緩地貼近情人的臉龐，沒想到卻被對方主動勾住脖子，用熱烈的吻狠狠堵上他的嘴巴。

笨驢，永遠也別想戰勝高傲的紅蘿蔔。

永遠別想。

被燈光籠罩的餐酒館內，洋溢著歡笑。

也洋溢著，愛情的幸福。

＊　＊　＊

餐酒館內，余真軒捧著裝著牛奶的杯子，繞著忙碌的裴守一打轉。

被繞著轉的人，不但沒露出不耐煩的表情，反而在空閒的時候伸出準備餐點的手，摸摸余真軒的頭髮，然後給他一個淡淡的微笑。

周書逸看著修成正果的大學同窗，心想月老果然早就牽好了紅線，當年互看不爽的兩人，竟在兜兜轉轉後成了讓人羨慕的伴侶。

可惡！

怎麼有點嫉妒石哲宇了。

不曉得等他成為被求婚的主角時，那位高先生會準備怎樣的驚喜給他？

不對，這種事還得由他先開口，否則那個悶葫蘆不知道得何年何月才能替他完成被人求婚的願望。

高仕德看著站在人群中的情人，看著周書逸一會兒開心、一會兒生氣，一會兒又皺眉思索的表情，怎麼會不明白那個人在想什麼？

這輩子，他都想用自己的雙手，守護對方眼中的笑容。

因為那個幸運，是「高仕德」願意用一生，獻給「周書逸」的禮物。

一件，因為相愛而獻上的禮物。

【全文完】

番外篇1　保健室的丘比特

身為保健中心的骨骼標本，被鐵架固定在同樣的地方，聽起來很悲慘，對吧？

錯！

所謂人生的樂趣要自己尋找，而我，全校最帥氣骨骼標本，Bony我除了肩負起教育學子認識骨頭和人體構造的重責大任外，更喜歡觀察在這裡來來去去的學生，比如……

「呃啊啊啊——痛痛痛痛痛——校醫不要——」

「再打架啊！敢打架就別在這裡鬼叫！」

嘖嘖，裴守一那個無良校醫又在欺負人了。

不過，嗯，欺負得好！給你拇指！

學校是來學習知識的，居然敢鬧事打架？該揍，痛死活該。

「兩週之內不准碰水，誰敢把傷口弄到潰爛就等著被我揍，聽懂沒有？」

「知道了知道了。」

「還有，該跟我說什麼？」

「謝謝校醫。」

「滾吧！」

「喔耶謝謝校醫。」

快滾快滾，記住啊小夥子，以後別再打架了，乖乖唸書知道嗎？

放學後，余真軒穿著皺巴巴的制服走到放置藥品的鐵櫃旁，歪著腦袋，看著不知道被哪個調皮學生擺弄成「沉思者」模樣的骨骼標本。

「死人骨頭。」

呸！你才死人骨頭！

老子可是全校最帥氣的骨骼標本Bony，長不長眼啊你？切！

「泡麵。」

余真軒伸手打開標本的頭蓋骨，從裡面拿出校醫偷藏的泡麵。

喂！

打開別人的腦子前就不能先通知一聲嗎？標本也是有人權的好咩！

「謝謝。」

拿走泡麵的男孩，認認真真地對著標本鞠躬道謝。

算了，看在你這麼乖的份上，本標本就不跟你計較。

喔對，記得往旁邊的鐵櫃找找，無良校醫為了你能吃飽，可是把櫃子裡的零食跟泡麵統統換成你愛吃的。

記得多吃點，這樣才能像本標本一樣，長得高大威武玉樹臨風，哇哈哈，哇哈哈，哇哈哈哈哈。

之後，也不知道為什麼，那個無良校醫換了上班的地方，雖然看不見高中小鬼們，卻能看見成熟的大學生，讓身為骨骼標本的老子，繼續給學生們傳道授業，教導他們關於人體構造的知識。

「小白……你說，哲宇會不會喜歡我啊？」

看著站在老子面前，叫做劉秉偉的孩子，標本我實在忍不住翻白眼的衝動。

靠！現在是怎樣？骨骼標本還得充當戀愛講師？求姻緣的月老？喜歡就告白啊！很難嗎？切。

還有，別對著老子喊「小白」，知不知道我葛屁的時候你還沒出生啊？給老子放尊重點，哼！我叫 B-o-n-y 可以簡稱喊我 B 先生，OK？

「白帥帥，不好意思啊我又來找你聊天了。」石哲宇看見保健中心空無一人，才放心走了進去，搬了張椅子坐在骨骼標本前，害羞地說出不好意思對其他人說出口的話。

「原來喜歡上一個也喜歡你的人，真的很幸福。」

媽的，你們一個個來老子面前放閃，是想虐死本單身狗，喔不，是虐死本單身骨頭嗎？上次小白、這次白帥帥，難怪你們兩個會湊成一對，月老還真有眼力！

「你說他會不會追到手後，就不懂得珍惜啊！那我要不要假裝什麼都不知道，讓他繼續追著我跑，這樣他的眼裡，才會一直看著我。」

嗯，這是個好問題，難度僅次於哈姆雷特的 to be or not to be。

看在你稱讚我是白帥帥的份上，老子就回答你。

讓、他、追！

追得越久越好，這樣才能讓幸福長度變得很長很長，比顆愛心給你，祝你幸福。

之後，又過了很多年……

Bony 被學生們口中愛欺負人的「無良校醫」帶去了他新開的餐酒館當擺飾，且自掏腰包買了另一組骨骼標本繼續放在保健中心，繼續擔任教育學生認識人體構造的重責大任。

「書逸，還記得這裡嗎？」

某對曾在 Bony 面前告白的小情侶，在N年後以傑出校友的頭銜返回母校演講。高仕德把手圈在情人的腰後，溫柔微笑。

「當然記得。」周書逸也露出笑容，勾著對方的脖子，說：「某人就是在這裡，對我告白。」

『說喜歡你，並不是開玩笑；說會趁虛而入，也是真的；你說能被我愛上的人很幸運，可惜你永遠不知道，那個幸運一直都屬於你……周書逸，我喜歡你。』

曾經，以為這段感情只能偷偷存放在心底，沒有抵達幸福彼岸的那一天。

卻沒想過，月老竟已在兩個人的手腕上，偷偷纏上緣分的紅線。

讓他們，成為彼此的倚靠；讓他們，成為彼此的家人。

「抱歉，讓你等了那麼久。」

周書逸看著眼前的人，彷彿看見多年前，只敢以朋友的身分在他身旁默默陪伴的高仕德。

高仕德搖搖頭，說：「你值得，值得讓我用一輩子等待。」

「仕德。」

「嗯？」

「我愛你。」

「我也是。」

越靠越近的臉龐，緩緩貼上彼此的唇瓣，閉著眼，感受另一個人的呼吸，同款洗髮精的薄荷清香，淡淡地從髮梢飄向鼻尖。

抬起手，穿過對方的身側摟在後背，西裝布料的觸感透過指尖的皮膚傳給接收所有感覺的大腦，周書逸忍不住勾起嘴角，在本該浪漫的親吻中噗哧一笑。

「破壞氣氛。」

被迫中斷的吻傳來某人無奈又寵溺的抗議，看著罪魁禍首，問。

「怎麼了？」

「看！」

一手指向放在保健中心的角落，另一手拍了拍高仕德的後背，要他轉身。

高仕德跟著情人的指示轉身，就看見放在角落的骨骼標本，竟做出害羞摀臉的動作，也跟著彎起嘴角，笑笑地說：「看來這個傳統，也被傳給之後的學弟學妹了。」

從以前開始，學校的學生們就總愛把骨骼標本擺弄成各種不同的姿勢，不過這位骨頭先生應該是2號了，原本的那個已經在裴守一的餐酒管站臺了幾年，它的腦袋還被高仕德玩壞掉，只好常常在腦袋上頂了個燈罩掩飾。

周書逸收回手，握起拳頭抵在嘴邊，忍住笑意，說：「你說，如果等等我們做些什麼壞壞壞的事情，讓他改變了現在的姿勢，你會不會嚇到落荒而逃？」

等等！壞壞的事情是指什麼？

高仕德露出不懷好意的微笑，側頭看著情人柔軟的髮絲，為了今天回母校演講，他從一早就起床梳洗準備，短髮下的頸部飄來沐浴乳的香味，明明是他選的牌子，染在對方的身上卻多了些不同的味道，多了些……挑逗的味道……

低頭，吻上情人的後頸。

「高仕德……」

被偷襲的人縮起脖子喊了聲男人的名字，本想說還有人在看，下一秒大腦卻主動打臉，保健中心裡除了他們就只有一個骨骼標本，哪來的「人」？

「噓。」

捨不得結束的人，繼續吻在不同地方，手指更是壞心眼地解開傑出校友的西裝，拉鬆他的領帶扯下他的領口，露出更多的肌膚。

「這裡是學……學校……」

壓低聲音提醒，本該阻止的雙手卻靜靜垂放身側，被動地成為對方的共犯，漸漸紊亂的呼吸，透過上下起伏的胸膛，被玩火的人清楚感受。

高仕德側著臉，用嘴脣貼著情人的耳朵，曖昧地說：「高中時，就想對你這麼做。」

十七歲那年，臨時被游泳社拜託幫忙的他，無意拉開淋浴間的簾子，卻看見站在水柱下全身赤裸的周書逸，而原本在洗澡的人，也轉頭看向拉開簾子的高仕德。

『怎麼是你？』

十七歲，還不知道未來會和眼前的人成為伴侶的周書逸，仍是那個爭強好勝，凡是都要跟高仕德爭第一名的「周書逸」。

於是當下的反應，除了討厭，還是討厭。

『我、我——』

十七歲的高仕德，才剛確認自己對「周書逸」的喜歡，至於更進一步的關係，青澀的他還不敢去想。

『到底想怎樣啦？』

關掉水龍頭，不耐煩地轉身瞪著對方，在他眼中，對方就只是個「男的」，高仕德有的他都有，沒什麼好遮掩的，卻不知道自己這一轉身，在十七歲的男孩心中，造成多大的震撼。

高仕德的視線，不受控制地從周書逸的臉龐向下移動，然後落在不該看見的地方……

頸部的喉結，不自覺地隨著吞嚥口水的動作上下滾動，負責輸送血液的心臟，瞬間變得像是狂奔八百公尺的操場，在胸口處劇烈跳動。於是腦袋一熱鼻腔一溼，鼻血就這樣不爭氣地從左邊的鼻孔淌下……

『我來拿浴巾給你！』

慌張地把手上的乾淨毛巾塞進對方的胸口，也不管周書逸有沒有接住，立刻扭過頭倉皇逃出突然變得好熱好熱的淋浴間。

「高中？」

成功接班誠逸集團，還被選為傑出校友回母校演講，三十歲的周書逸，揚起嘴角聽著男人訴說高中時發生的片段，取笑。

「你很變態耶！竟然對未成年人想入非非。」

「不好意思，那時候的我，也是未成年人。」

周書逸皺了皺鼻子，說：「好可惜，每次你說起以前的事，我都沒有印象。」

那時候的他還是個暗戀蔣聿欣的小弟弟，除了輸給高仕德的不爽，對於這個人的其他事情，十七歲的他，一點都不想記住。

高仕德溫柔撫摸情人的耳朵，深情凝視對方的眼眸：「不可惜，因為那些事情，我都記得。以後的日子很長，我會慢慢地、一件一件地說給你聽，只不過恐怕得說到你變成老爺爺了都說不完。」

「噗哧，好，約定了，在你說完所有的故事前，都不准放開我的手。」

周書逸伸出右手的小指，流露幸福的笑容，說。

「一言為定。」

另一人也彎起嘴角，伸出自己的右手小指，勾上對方的手指。

保健中心內，因為洋溢粉紅泡泡的空氣，緩緩增加了熱度。

角落裡，標本2號終於體會到了前輩的辛酸，偷偷地、非禮勿視地摀住自己的臉，不去打擾沉溺在幸福中的那對伴侶，然後在兩人離開保健中心後，偷偷對著門的方向，在心中獻上標本2號的祝福。

【完】

番外篇2　紅蘿蔔跟驢子

盛開的鳳凰花，因為開花時正好是各個學校的畢業季，於是鳳凰花開驪歌響起，便成為成長與分離的象徵。

「恭喜，畢業了。」

原本總愛跑到財金系串門子的劉秉偉，卻在大學的最後一年成為資工系的常客，就連提早預備好的花束，也不是送給「暗戀」三年的周書逸。

石哲宇低頭看著接到手中的花束，忍不住對了回去：「靠！劉秉偉你找碴是不是？」

「耶？我、我哪有？」

送花的人，慌亂搖頭。

石哲宇把花束塞回對方的胸前，吊著眼睛問：「在畢業日送我大型小菊花，想觸我霉頭還是想給我送終？」

劉秉偉一臉崩潰，說：「明明是向日葵，誰跟你大型小菊花？」

老天，世上竟然有把向日葵跟菊花傻傻分不清的人，害他本來醞釀好的氣氛被狠狠破壞。

「是喔！那好吧，我收下囉，謝啦！」石哲宇拿回要給自己的那束花，不懷好意地說：「恭喜我們畢業了，這樣你就不會天天纏著我！」

「喂喂喂，你未免太沒良心了吧！」劉秉偉眼神露出大型狗被欺負的哀怨模樣，害得石哲宇忍不住摸摸他的頭，說。

「好啦好啦跟你開玩笑的，晚上我們家有聚會，先走囉。」

「等等！」

「還有什麼事？」

拉住說走就走的人，看著被他抱在胸前的花束，問：「你……你真的不知道它的意思？」

「它？」石哲宇低頭看著黃色的花朵，瞧了又瞧，歪頭問：「不就是大型小菊花嗎？」

劉秉偉看著每次都在狀況外的石哲宇，露出欲哭無淚的表情，委屈極了：

「向日葵啦！向日葵！」

「噗哈哈哈哈，所以它有什麼意思？」

「你真的不知道？」

不死心地再次追問。

「不知道，不然你告訴我。」

「沒事，不知道就算了。」嘆氣。

算了，他不該對這個沒有浪漫基因的人抱有期待。

「不說就不說，我走囉。」

扔下這句話後，石哲宇毫不留念地轉身，無視某隻大狗狗委屈地垂下耳朵，只差沒有嗚嗚哭號。

「嗯～路上小心。」

劉秉偉對著石哲宇的背影揮了揮手，然後垮下肩膀，替自己失去的表白機會默哀三分鐘。卻不知道，那轉身離去的背影，卻是一邊走，一邊低頭看著抱在胸前的花束，偷笑。

「我當然知道它有什麼意思，笨蛋。」

向日葵的花語，是沉默的愛、說不出口的愛，還有，忠誠。

故意找碴、故意誤認花束的品種，就是要打亂那個人原本想說出口的話。

「哼！想追我，哪那麼容易。」

想讓驢子跑得快，就要在牠面前吊上紅蘿蔔，驢子一直吃不到，就會一直追著紅蘿蔔跑。

「劉秉偉，先愛上的人最容易受傷，所以，我絕不會先愛上你。」

然後微笑著，站在人行道旁招來計程車，坐上車子直奔父母預定好的餐廳。

＊　＊　＊

一年半後

畢業典禮後，離開校園展開各自的生活，雖然會在專屬的聊天室裡聊天，然而忙碌的實習和考試，卻讓他們沒有再見過面。

直到，一年半後……

「阿姨這麼開心啊？」

石哲宇一推開門，就看見房東太太開心地站在走廊上。

年約五十的婦人看著西裝筆挺準備上班的年輕人，關懷問著：「哲宇啊，最近工作還好嗎？」

「很好，謝謝阿姨關心。」看著房東太太背後，和自己門對門的另一戶空房，問：「這間房子租出去了？」

「是呀！喔對，忘了跟你說，房客是個跟你一樣的大帥哥呢，還是個律師喔。」

「律師……」

忽然想起，已經半年多毫無音訊的某個人。

「如果新鄰居有什麼不懂的地方，你幫我照顧他一下，他跟你一樣都是自己一個人在外面打拚，年輕人就要彼此照顧。」

「我會的，阿姨我先去上班了。」

「好，自己路上小心。」

石哲宇點點頭，關上住處的大門，跟房東太太道別。

幾天後，準備上班的人才剛推開大門，就聽見對面的那扇門發出門鎖開啟的聲音。逐漸敞開的大門，站著一張熟悉的臉孔，對著他微笑。

「好久不見，哲宇。」

「你——」

愣愣看著已經一年多沒見面的男人，心口怦然一跳，跳得讓他不知所措。

「以後請多多指教。」

「嗯，嗯嗯，好。」

「走吧！一起去上班。」

「嗯嗯，一起走。」

震驚過度的人被對方緊緊握住自己的手，併肩離開租屋的地方，往附近的停車場走去。

終於被租出去的另一個房間內，在屋主寢室的牆壁上，掛著一只白板。

白板上，用長長的黑線分隔出兩個區塊。

左邊，寫著「喜歡」；右邊，寫著「不喜歡」。

不同的，是「喜歡」的下方只有兩個字：

全部。

而「不喜歡」的下方，卻寫著：

沒有聯絡的日子。

並且，在藍色的字跡上，被紅筆畫上大大的刪除線。

「哲宇，終於見面了。」

下班後，回到租屋處的人，站在房間的白板前，看著白板上被紅筆畫上刪除線的藍色字，許願。

這一次，他會耐心等候，努力付出，直到對方也愛上他的那一天。

直到石哲宇……

愛上劉秉偉的那一天。

＊　＊　＊

「嘶……」

趴在床上的人剛要起身，被折騰了一晚上的腰後和臀部就發出抗議的痠疼，石哲宇滿臉黑線，對著敞開的房間門口大喊。

「劉、秉、偉！」

「來了來了。」原本在陽臺晒衣服的人，立刻跑進寢室，露出傻傻的笑容，看著露出裸背的人，問：「寶貝有什麼吩咐？」

「去我那邊幫我拿上班的西裝，還有內褲。」

該死！就不該在這傢伙求婚後跟他吻得天昏地還擦槍走火，現在可好，在上班日腰痠腿疼屁股痛就算了，要穿的衣服還在自己家裡，只好使喚那傢伙去對門拿東西。

「好，我馬上回來。」

「等等。」

「還要拿什麼嗎？」

「過來。」

石哲宇撐起身體，對著昨晚當眾求婚的男人勾了勾手指，另一個人很自然地跪在床邊，把臉湊了過去。

啵！

「……」

劉秉偉瞪大眼睛，還以為情人有別的事情要吩咐，沒想到卻是一個吻，吻在他的嘴唇。

「好了，快去幫我拿衣服，公事包也順便幫我拿過來。」

「遵命。」

得到早安吻的男人，露出憨傻的笑容，起身走向大門，開門走到對面的租屋處，拿出鑰匙打開另一扇門。

石哲宇支著身體，下了床走進浴室，清洗激情的痕跡，然後用浴巾圍著腰部走回寢室，看著放在書桌旁的白板，彎起嘴角……

那個人說，白板上的兩個原本在紀錄念書紀錄跟待辦事項，卻在察覺到對自己的感情後，用黑筆畫分成兩個區塊。

左邊寫著「喜歡」，右邊寫著「不喜歡」。

曾經，「不喜歡」的下面，用藍色白板筆寫著：

哭。

挑食。

看見高仕德時難過的眼神。

不喜歡看見他哭、不喜歡他挑食、不喜歡，他看見高仕德時難過的眼神。

而在「喜歡」的下方，寫著：

單純。

笑容。

然後發誓——

『以後，我會讓你的笑容越來越多，直到你完全走出失戀為止。』

後來，白板上的內容有了變化。

「喜歡」的下方只有兩個字：

全部。

「不喜歡」的下方，卻寫著：

沒有聯絡的日子。

並且，在藍色的字跡上，被紅筆畫上大大的刪除線，然後許願——

『我會耐心等候，努力付出，直到直到石哲宇，愛上劉秉偉的那一天。』

石哲宇笑了笑，拿起白板旁的板擦，把上面的字一個個擦去，用戴著訂婚戒指的手，拿起黑筆在空白的地方，寫上……

笨蛋，永遠當我的驢子吧！

「劉先生？你怎麼會在這裡？」

突然，走廊傳來吃驚的聲音。

石哲宇放下白板筆走向大門，剛打開不鏽鋼門，就看見房東太太站在自家門口，指著前來開門的劉秉偉大喊。

裡。

「阿姨，妳找我喔？」

房東太太轉過頭，看見本來應該住在右邊的男生，卻出現在左邊的房子

「你們……你們怎麼……」

房東太太轉頭看看劉秉偉，又轉頭看看石哲宇，不知道這兩人怎麼會站在對方的家中，而且劉先生還從石先生的屋子裡拿走衣服跟公事包。

「這這這、是闖空門嗎？」

不可能啊，劉先生自己是律師，怎麼可能做出知法犯法的事情。

石哲宇臉色一紅，連忙解釋：「阿姨，不是闖空門啦，是我昨天喝醉走錯房間，就在秉偉這裡住了一晚，是我請他幫我去我那裡拿東西，才出現讓您誤會的情況。」

「原來是這樣啊！」房東太太聽完後，放下心，露出笑容：「看到你們感情這麼好我就放心了，年輕人都是出外打拚，是該建立交情互相關照。」

「阿姨妳找我什麼事？」

「光顧著說話，差點忘了正事，是我的小孫女啦，說幫我弄了個什麼線上支付，說是以後房客就可以用更便利的方式繳交房租。」

房東太太一邊說著，一邊從手提袋拿出用A4紙印好的資料，遞給站在劉先生家門口的石哲宇，也遞給站在石先生家門口的劉秉偉。

「謝謝阿姨。」

「不客氣，那我就不打擾你們了。」

房東太太走後，站在門口的兩個人彼此對看了一眼後，忍不住笑了出來。

「別光笑，快把衣服給我。」

「喔對！」

劉秉偉趕緊拎著衣服和公事包走到對面，趁情人沒注意的時候，低頭在他的臉頰上快速印上一個吻。石哲宇瞇起眼睛，瞪了眼竟敢偷襲他的驢子，不爽地勾下他的脖子，用力回吻。

面對面的兩扇門，就像兩人的關係，曾經彼此互看不爽，最後卻為對方敞開心房，走進彼此的心中，成為對方的倚靠。

驢子，心甘情願追逐著紅蘿蔔。

紅蘿蔔，也只肯被它看中的驢子追逐。

於是追著追著，驢子和紅蘿蔔，再也無法分開。

驢子，吃到了牠心心念念的紅蘿蔔。

而紅蘿蔔，也馴服了——

它愛上的驢子。

【完】

番外篇3　這一次，換我找你

赤裸身體趴在床上的人，皺起眉頭，看著陌生的空間。

暈呼呼的腦子還沒來得及推敲出自己究竟在哪，從房間門口飄來的食物香氣，就已霸占他的思考，用鼻子對著香氣飄來的方向嗅了嗅，裹著棉被離開雙人床，走進傳來鍋鏟翻炒聲的廚房。

站在瓦斯爐前的男人，有著讓同性都會羨慕的結實身材，然而線條優美的背部，卻有著好幾道的抓痕。

余真軒默默走到那個人的背後，伸出手，以指尖輕輕碰觸抓痕上已經乾掉的血跡，然後縮回手，用力搥打自己的腦袋。

「停手！」

冷冷的語氣透著即將生氣的前兆，站在後面的人嚇了一跳，放下捶打腦袋的手，把手乖乖地落回身側，低頭道歉。

「對不起……」

裴守一抬手指著窗臺的方向，說：「去那邊坐著，早餐馬上就好。」

「喔。」

余真軒像隻聽話的小狗，走到窗臺前的餐桌旁，卻沒有坐在椅子上，而是裹著棉被縮在椅子和牆壁的夾角。安靜、不吵不鬧地，看著另一個人把做好的早餐，從廚房端到桌上。

「吃吧。」

「不用，我沒關係。」

「隨便你。」

男人拉開椅子，坐在餐桌旁，自顧自地吃著熱騰騰的三明治和沙拉。另一個人也繼續保持原來的姿勢，用大大的眼睛，看著裴守一的每個表情，每個動作。

一會兒後，裴守一吃完自己那份早餐，也不管對方吃或不吃，拿著餐盤起身走回廚房。起身時，椅腳摩擦地板發出的聲響，讓余真軒整個人彈了一下，立刻從角落站了起來，跟在裴守一的後面。

裴守一拿盤子去廚房，他就跟去廚房；裴守一去浴室洗臉，他就站在門口等待；裴守一去陽臺收回晾在外面的衣服，他也——

「你夠了沒？」裴守一皺著眉頭，伸手揪住男孩圍在身上的棉被，說：「我把你帶回來，不是要你跟小狗一樣追著我跑。」

「可是……我怕你會消失……」

顫抖的聲音剛說出這句話，沒沒等對方開口，立刻換下緊張的表情，堆起燦爛的笑容，揚起嘴角假裝沒事地說。

「就算消失也沒關係，我會繼續找你，反正我還年輕，就算要再找你一次，十二年後我也才四十一歲，可以的，還有力氣喜歡你。」

孩子氣又不合邏輯的言論，讓裴守一有點生氣，可更多的，卻是心疼。

於是揪著棉被，把男孩拉到自己面前，低下頭，看著他的眼睛，重複自己在劉秉偉跟石哲宇求婚的那天晚上，在眾人逐漸散去後，對余真軒做出的承諾。

「我說了，這一次，換我找你。」

「換你，找我……」

余真軒仰頭看著男人的臉，喃喃重複對方的話。

裴守一難得露出尷尬的表情，說：「既然我們已經成為『這樣的關係』了，你什麼都不必做，不必躲在角落觀察我是高興還是生氣、不必勉強擠出的笑容討好我，更不必害怕我會扔下你。」

都怪高仕德那小子，某天晚上不但「好心」把余真軒灌醉，還「貼心」地把他送到自己的門口，順便在知道自己把余真軒給吃掉後，「用心」提醒他既然都酒後亂性了，就得負責到底。

害他從那天後，看見高仕德那張臉，就忍不住動手巴他腦袋。

「真的嗎？」

從沒被幸福眷顧的孩子，覺得突然降臨在身上的東西，陌生得讓他害怕。

害怕終於得到的一切，只是他做過的好多好多夢境中的一個，醒來後，就會消失不見。

「所以我們現在……是什麼關係？」

裴守一看著明明二十九歲，卻還活得像個孩子的余真軒，揚起嘴角，壞心眼地問：「屁股痛不痛？」

「痛！」

余真軒點點頭，皺起眉頭。

昨天他被這個人緊緊抱住，接吻、然後還……

昨晚的畫面突然閃過腦海，亞斯伯格症帶給他的是社交困難、是興趣狹窄、是注意力不集中、是情緒控制能力差，但不表示已經快三十歲的他，不知道昨天發生了什麼。

雖然，除了裴守一以外，他沒有跟任何人發展成這樣的關係。

「知道害羞了？」

低頭，問著耳朵快速變紅的人。

「嗯……」

余真軒漲紅著臉，咬著嘴唇輕輕點頭，卻被對方的手指卡入牙齒和牙齒之間，阻止他虐待自己的嘴巴。

「還記得我教過你什麼嗎？」

富有磁性的嗓音，貼著另一個人燙紅的耳廓，問。

「不可以打人，不可以罵髒話，不可以亂發脾氣，還有，不可以傷害自己。」

乖學生抬起頭，看著他最喜歡也最崇拜的人，像是回答老師在課堂上的提問一樣，認真作答。

裴守一抽出卡在牙齒間的手指，寵溺地用指尖點了點男孩的嘴唇，警告：「把嘴唇咬流血，也是傷害自己的行為，所以記住了，以後都不許這麼做。」

「記住了。」

余真軒從棉被下探出右手，敲了敲右邊的太陽穴，表示自己一旦記住就不會忘記。

當年，是裴守一在幫他做課後輔導時，發現他在程式設計上極有天分，不但找來書籍讓他自學程式語言，還特別幫他補習英文，讓他能不用依靠翻譯，直接透過網路旁聽外國知名學校的相關課程。

後來，他靠著獎學金升上大學，又半工半讀地完成大學學業，只因這個人對他說過，念書，能讓他靠著設計程式找到穩定的工作。

再後來，他順利進入華磐科技，憑藉實力從一介新進職員，在不到八個月的時間破格升為帶領團隊的技術長。

第一次，大家都誇他厲害。

第一次，旁邊的人看到他古怪的行為不會取笑他。

而他，也的確成為裴守一說的，憑藉在資訊安全領域的強項，擁有穩定的工作、穩定的收入，即使只有一個人，也能活得下去。

裴守一看著男孩的臉，握住他探出棉被的右手，認真地說：「余真軒，你高興的時候，我不懂你的喜悅；你難過的時候，我感受不到；你孤單的時候，我甚至不會察覺……」

停頓了一會兒，才又繼續開口。

「即使這樣，你還想和我一起生活嗎？」

「想！」

男孩仰頭看著身材高大的男人，興奮回應。

「可是我……無法參與你的喜怒哀樂。」

「你不必參與我的喜怒哀樂，我高興的時候，會告訴你我很高興；我難過的時候，會跟你說我難過了；至於當我覺得孤單的時候，我會主動走向你，抱住你，這樣，就不孤單了。」

余真軒含著淚水露出大大的笑容，然後打開裹在身上的棉被，緊緊包住自己和裴守一。

「你什麼都不必做，因為你已經給我很多很多，只要能在你身邊，我可以什麼都不要。你說過，我們不是缺角的圓遇上失落的一角，而是兩個殘破不堪，註定只能孤獨滾動的圓。

裴守一，我告訴你，不是的。

我們不是缺角，也不是圓，你跟我，是成對的『互補色』，當我們組合在一起的時候，就會相互抵消。只不過抵銷後不是灰階的色白色或黑色，而是最溫暖，也最幸福的色彩。」

「……」

裴守一看著余真軒的笑容，也跟著露出微笑。

曾經，他努力學習正常人的情感，隱藏自己的情感障礙症，透過模仿，做出「正常人」該有的反應。

現在，卻有人告訴他，你不必努力體會正常人的情緒，因為我感受到什麼，都會直接地告訴你。

你不必努力走來，因為我會主動走向你。

你不必努力隱藏情感障礙症，因為我也沒比你好到哪去，雛鳥情節、偏執症、亞斯伯格症、輕度抑鬱加自殘傾向……

比你還麻煩呢！

「剛剛沒吃東西，餓嗎？」

裴守一彎下腰，在另一個人的額頭，印上他的吻。

「不餓。」

「真的不先吃點東西？因為你如果不吃的話，接下來就只能吃宵夜了。」

「為什——」

詢問的最後一個字，消失在裴守一的脣瓣。

然後連人帶棉被地抱起余真軒，走回他才剛剛離開的房間，用腳尖關上房門，走向凌亂的雙人床，把害羞的人放在屬於他們的雙人床。

然後掀開裹在對方身上的棉被，露出白皙的皮膚，和敏感處鮮明的吻痕，吻著男孩柔軟的嘴脣，再次將自己覆上那身軀。

再一次，讓自己十二年前不小心撿到的，眼神中充滿不安的小浪浪，發出可愛又好聽的聲音。

【完】

第2名的×逆襲

Fighting Mr.2nd

第2名
Fighting Mr.2nd 的×逆襲

第2名 Fighting Mr.2nd 的×逆襲：WBL2

原　　著／林珮瑜
作　　者／羽宸寰
發 行 人／黃鎮隆
總 經 理／陳君平
經　　理／洪琇菁
總 編 輯／呂尚燁
執行編輯／曾鈺淳
美術監製／沙雲佩
美術編輯／李政儀
國際版權／黃令歡、梁名儀
企劃宣傳／邱小祐、劉宜蓉
文字校對／施亞蒨
內文排版／謝青秀

國家圖書館出版品預行編目資料

第二名的逆襲：WBL 第二部 / 羽宸寰小說作者；林珮瑜原著編劇. -- 1 版. -- [臺北市]：城邦文化事業股份有限公司尖端出版：英屬蓋曼群島商家庭傳媒股份有限公司城邦分公司發行，2021.04
面；　公分
ISBN 978-957-10-9423-6（平裝）

863.57　　110001735

出版／城邦文化事業股份有限公司　尖端出版
台北市 104 中山區民生東路二段 141 號 10 樓
電話：（02）2500-7600　傳真：（02）2500-2683
讀者服務信箱：7novels@mail2.spp.com.tw
發行／英屬蓋曼群島商家庭傳媒股份有限公司城邦分公司　尖端出版
台北市 104 中山區民生東路二段 141 號 10 樓
電話：（02）2500-7600　傳真：（02）2500-1979
劃撥專線：（03）312-4212
戶名：英屬蓋曼群島商家庭傳媒（股）公司城邦分公司
劃撥帳號：50003021
※ 劃撥金額未滿 500 元，請加付掛號郵資 50 元
法律顧問／王子文律師　元禾法律事務所　台北市羅斯福路三段三十七號十五樓

台灣地區總經銷／中彰投以北（含宜花東）　楨彥有限公司
電話：（02）8919-3369　傳真：（02）8914-5524
雲嘉以南　威信圖書有限公司
（嘉義公司）電話：0800-028-028　傳真：（05）233-3863
（高雄公司）電話：0800-028-028　傳真：（07）373-0087
馬新地區總經銷／城邦（馬新）出版集團 Cite（M）Sdn Bhd
電話：603-9057-8822　傳真：603-9057-6622
E-mail：cite@cite.com.my
香港地區總經銷／城邦（香港）出版集團 Cite（H.K.）Publishing Group Limited
電話：852-2508-6231　傳真：852-2578-9337
E-mail：hkcite@biznetvigator.com

版　次／ 2021 年 4 月 1 版 1 刷　Printed in Taiwan
2021 年 4 月 1 版 3 刷